大分怪談

丸太町小川

竹書房
怪談
文庫

はじめに

あなたは怪談話がきらいですか？

怖いですか？　退屈ですか？

怪談話がきらいな人も、はたまた大好きな人も、ぜひいちど本書をお手に取ってみてください。

本書は、竹書房怪談文庫が誇るご当地怪談シリーズの「大分県」版です。

この本を通じて、これまで怪談話に関心がなかった方々には、ぜひ怪異怪談に興味をもっていただき、また、すでに怪談好きのみなさまには、温泉の湧出量日本一を誇る「おんせん県おおいた」に関心を寄せていただければと思います。

本書は、おもに次のような三種の内容で構成されています。
一、取材や聞き取りなどで実際に語られた、または実際のこととして語られた、いわゆる（怪談話のジャンルとしての）「実話怪談」。
二、地誌・資料などにみられる大分県にまつわる古くからの伝承的民話や怪談。およ
び、それらにもとづく創作的翻案。
三、上記の内容についての理解を深めていただくための注釈的短文。

いずれも筆者の全くの空想や妄想を書いたものではなく、人によって語られ、または伝えられてきたお話です。どれも必要に応じて脚色なり演出なりを加えて編じてはいますが、その程度は、諸事情に配慮してそれなりに手が入っているものから、ほぼ聞いた話そのままのものまでさまざまあります。

もちろん、語られた事柄の真実性を立証できるものではないのですが、ほんとうかなあ……？　あるいは、もしかして……？　などなど、ひょっとするとあなたの身近にも起こるかもしれないことと思って楽しんでいただければ幸いです。

なお、このような事情から、登場人物の名前は全て仮名であり、実在の人物のそれではないことを申し添えておきます。

では、ヴァナキュラーな怪異を求めて、大分県への旅をはじめましょう！

目次

※本書は体験者および関係者に実際に取材した内容をもとに書き綴られた怪談集です。体験者の記憶と主観のもとに再現されたものであり、掲載するすべてを事実と認定するものではございません。あらかじめご了承ください。

※本書に登場する人物名は、様々な事情を考慮してすべて仮名にしてあります。また、作中に登場する体験者の記憶と体験当時の世相を鑑み、極力当時の様相を再現するよう心がけています。今日の見地においては若干耳慣れない言葉・表記が記載される場合がございますが、これらは差別・侮蔑を助長する意図に基づくものではございません。

大分県

姫島村
北部エリア
豊後高田市
国東市
中津市
宇佐市
杵築市
日出町
中部エリア
玖珠町
別府市
日田市
九重町
由布市
大分市
津久見市
臼杵市
西部エリア
竹田市
豊後大野市
佐伯市
南部エリア

なかへ、なかへ

大分市内某所

大分市中心部からほど近い、とある丘陵地。

丘の北側にはきれいに整備された公園が広がり、南側へとしばらく下っていくと住宅地へと続くのだが、その間にはこんもりとした雑木林が残されている。散歩などにもってこいの気持ちのよいエリアだ。


今は県外で働く美咲さんが、大学生として市内でひとり暮らしをしていた頃のこと。季候のよい時期の休日に、このあたりを散策してみることにした。公園に沿って丘を下ろうと進んでいくと、そこから左手に折れる小道がある。散策路のようなものだろうか。

こんな道があるとは知らなかった。

何ということもなくしばらくその小道を下ると、やや鬱蒼と木々が茂り、それまでよりも薄暗い林を抜けていくかたちとなる。

ふと見ると、行政が立てたらしい「横穴墓群跡」という案内表示が小道の左側を指し、すぐ脇からその遺跡へと進めるようだ。普段なら興味をもって遺跡へと向かうだろう彼女だが、この時はなんとなく気が進まず、そのまま小道を真っ直ぐ進むことにする。

小道の右手には、崖と言うと少々過言かもしれないが、土がむき出しの法面《のりめん》が身長よりは高いくらいにそそり立ち、ところどころに大きな穴が開いている。これも洞窟などと言ってしまうと明らかに言い過ぎなのだが、かがめば人ひとりが入れるくらいの、それなりの大きさの横穴だ。

いくつかあるそれらの横穴には、まるで詰め込まれたかのように粗大ゴミが入れられている。いや、ひょっとすると何かの資材や器具などが収納されているのかもしれないが、雑然としたその風体から、少なくとも美咲さんにはゴミの残置に見えたという。

印象としてあまり大事にされてはいなさそうで、かつ、さほど古いもののようにも感じられない右手の法面の横穴が「横穴墓群」とやらの一部だとは思えなかったが、あるいはひょっとすると関係するものなのかもしれない。

そんなことを思いながら、舗装こそされているものの薄暗く湿った細道を下っていく。

前方に目をやると、右手の法面の穴のひとつに、誰かがうずくまるように屈んでいるのが見える。足首のあたりが細く絞られた長ズボンに、薄汚れた生成《きな》りの長袖。日焼け対策だろうか、首から上には珍しい形状の頬被りのようなものを巻いていて年齢や風貌はわからないが、どうやら女性のようだ。地元の方なのだろう。

歩みを進めるとともに、次第に距離が詰まっていく。女性はどうやら、ゴミをかき分けて穴のなかへ入ろうとしているようだった。察するにそう高齢ではない。おそらく三十代か、四十代くらいだろうか。穴に雑然と詰められているビニール袋や木材の断片、何やらよくわからない布類などを懸命に、ほとんど必死になって両手でかき分け、穴のなかへ、なかへと入り込もうとしている。

「どうしました？　大丈夫ですか？」

困っているように見えたので、美咲さんは迷わず声をかけた。返答はない。

奇妙に思えたのは、その女性がかなり乱雑にゴミをかき分けているにもかかわらず、今もここに至るまでも、まったくその音がしないことだった。こんな作業をしているのなら、もっと前から音で気づかされてもよいはずだ。

「何か、捜しものですか？」

重ねて声をかける。それでも返答はない。

美咲さんはそのままつっとその女性の隣まで進み、かがむようにして一緒にゴミをかき分け始めた。

ともかくもこの女性を手助けし、眼前の物たちをどかして、いっしょに穴のなかへ入らねばならないと思ったのである。手を動かせば動かすほど、その思いは焦燥感とでもいうべき確固たるのもとなっていく。ガサガサと不快な響きを立てながら、袋をどかし、枯れ葉や土をどかし、木片をどかし、瓶やら缶やらをどかし、なんとしても穴のなかへ、なかへ――

「どうしました？　大丈夫ですか？」

突然後ろから大声を浴びせられ、驚いて振り返る。

そこには、飼い犬なのであろう小型犬を連れた初老の女性が立っている。

地元の方なのだろう。あきらかに怪訝な顔で、言葉を重ねる。

「何か、捜しものですか？」

われに返って周囲を見ると、隣で一緒にゴミをかき分けていたはずの、あの頬被りの女性がいない。これではまるで、美咲さんひとりだけが必死に穴のなかへと入ろうとしているようではないか。あれほど懸命にかき分けていたはずのゴミも、ほとんど穴のなかに入ったままだ。

急に恥ずかしくなった美咲さんは自分でもわかるくらいに赤面しながら、

「いや、大丈夫です、大丈夫です。なんでもないです……」

と慌ててその場をはなれ、ほとんど逃げるようにして小道を下っていった。

道中、うわあ、私、明らかに不審者だよな……と自らの行動を反芻しては羞恥に悶えた。スカートは泥で汚れ、手には酸味がかった悪臭が付着している。あんなところでゴミを漁っていたのだとすれば、当然臭くもなるのだろうが……

ひどい目に遭った、とんだ災難だった、と述懐する彼女はそれ以降、あの小道には近づかないようにしていたものの、公園のあたりには時々訪れていたという。ともに穴に入ろうとした頬被りの女性がどこに行ってしまったのかには、いまだに釈然としない気持ちだ。必死になってどかしていたはずの穴のゴミがほとんど元通りになっていたことも不可思議ではある。

が、それからはとくに怪しげなものに遭遇することはなかったそうだ。

滝尾百穴横穴古墳群（大分市）　※本文中の場所とは関係ありません。

そこを左に　大分県西部某トンネル付近

　車の離合ができないほど狭い道幅に、凹凸がうねる壁面。電灯は暗く、入口のすぐ左手には大きな地蔵堂が鎮座している。トンネルと地蔵堂の隙間ともいうべき部分に、黒々とした洞穴がぽっかりと口を開けていて、そこが切通しの入り口らしかった。トンネルの上にあるとされる神社には、この切通しを登っていくより他にない。足を踏み入れてみると、切通しは思いのほか細く深く、暗い。

　ここはいわゆる「心霊スポット」として界隈ではよく知られた場所だ。そのことについての真偽や賛否はともかく、神社の下を通るとされる（実際には位置がややずれているのだが）立地をはじめ、トンネルの風貌、矢印の記された案内板に至るまで、まるで意図して作られたアトラクションかのように、いかにもそれらしい要素が目白押しではある。

幼なじみとは言えないまでも、古くからの友人である美優と翔太は、最近交際をはじめたという美優の彼氏、蓮をまじえた三人でこのトンネルを訪れることにした。そういう方面に特段関心があるわけではなかったが、翔太がどこからかこの場所の噂を聞きつけてきて、興味本位で行ってみる気になったのである。

まだ明るさの残る夕方頃、なにやら湿った感じの切通しを慎重に登っていく。断崖に挟まれた小道はひとりがようやく進める程度の狭さで、美優が先頭になるかたちで歩を進める。まだ日の光はあるはずなのに、断崖の影になるためか通路はやけに暗い。夜になる前に来て良かったねと言うと、蓮が「でも、今くらいの夕刻のことを逢魔時って言うんだよ」と返す。雰囲気を作ろうとしているのだろう。

ところどころで小道は分岐していて、横手に折れると数基の墓石が並ぶ小ぶりな墓所へと続く。道に迷うことはないだろうが、念のために美優は「こっちだよね」と振り返りもせずに確認し、「たぶんそう」などと後から蓮が応じる。道のりは随分長いようだ。

「そこ左」

翔太がそう言うので、「えっ？」と思いつつも左側に視線を遣ると、その先は舗装が無く、藪が茂っている。たしかに無理をすればそちらに進めなくもなさそうだが、とはいえ美優が躊躇していると、

「そこを左に」

と翔太が重ねて促す。仕方なく屈むようにしてどうにかそちらに進もうとするも、

「いや無理無理、ここ崖だよ」

数歩進んだところで地面が途絶え、高い崖になっている。見下ろすのも危険そうだ。あまり意識してはいなかったが、どうやら思いのほか高くまで登ってきていたようだ。翔太の位置からはそれが見えないのだろう。そのことを告げると、

「そこ左」

「え？」

「そこを左に」

そんな状況もおかまいなしに、彼はそのまま進めと急かしてくる。この場所の情報を仕入れてきたのは翔太だ。そんな彼が言うのだから、脇道なり裏道なりがあるのだろうか。いやしかし、どう見てもこれ以上先はなさそうだが。

「そこ左」

「えええ……」

無茶を言うんだなと思いながらも「そこまで言うのなら」と足元を慎重に見極め、踏

み出そうとしたところ、

「あっ」

濡れた枯れ葉に足を滑らせて体勢を崩し、吸い込まれるように崖側によろめいた。

「何してんの！　危ないよ！」

ガッと右肩あたりを後ろから掴まれて事なきを得る。

蓮が咄嗟に体を支え、通路側へと引き上げてくれたのだ。美優が「ああっ」と戸惑っていると彼は、

「悪ふざけにも程があるでしょ！　落ちたらどうするの⁉」

と、ものすごい剣幕だ。

そうは言うが、美優からすれば翔太が左だと言うからそうしただけであって、悪ふざけなどとは心外だ。気圧されながらもそのことを説明しようとする。

「だって、翔太が……」

「翔太？　翔太がどうしたって？」

「だって、翔太が左に行けって」

「何言ってんの。翔太はここにはいないでしょ」

「えっ」と息を飲みつつ周囲を見ると、たしかに翔太はこの場にいない。

いや、でも、さっきまで「そこ左」とすぐ耳元でこちらを急かしていたはずだ。

実際、何度もその声を聞いている。たしかに声がしていたのだから、彼がこの場にいないはずは……

どうにか気持ちを落ち着けてみる。

そういえば翔太は今、すぐ近くのファミレスにいるはずだ。今日、三人は付近まで車で来たものの、目的地であるこのトンネル付近には駐車できそうなスペースが見当たらなかった。そのため、付近のファミレスに入り、翔太がそこで軽食でもとりながら時間を潰すことにしたのだった。その間に美優と蓮が徒歩で観てくればよいというのだ。

蓮が言うには、切通しを登っていく際、いくつ目かの分岐にさしかかったところで、それまで普通に話しながら進んでいた美優が急に足を止め、なにやらブツブツと口ごもりながら、道の左側の藪へと歩きだした。はじめは冗談かと思っていたが、崖が近づいても止まるようなそぶりを見せない。

危ない、と思って咄嗟にこちらに引き戻したのだそうだ。

美優が声のことを説明しても、蓮は半信半疑の様子だ。翔太の声が聞こえたというのは、あくまで美優の主観にすぎない。実際、この場に翔太がいない以上、美優が聞いたとするその発言らしきものの責任を、実在の翔太に求めるわけにはいかないだろう、というのが蓮の見解だった。美優もそれが正論だと同意する。

結局、このことは翔太には話さなかった。ただ、少なくとも美優の立場からすれば、あの声を聞いてしまった以上、翔太との関係がこれまでと同じというわけにはいかなかった。今でも翔太との親交は途切れてはいない。が、彼と面と向かっていると、どうしても「あの声は何だったんだろう」という思いが去来するのだ。

蓮とはその後、ほどなくしてお別れしてしまった。美優に言わせれば、おそらくこの日のことも、その別離の大きな原因のひとつなのだろうとのことだ。

かみのびんづめ

中津《なかつ》市八面山大池《はちめんざんおおいけ》付近

薮を掻き分け、岩や根に足を取られながら藻掻くように進む。やたらと蜘蛛の巣が多く、二、三歩に一度は顔を拭わねばならないからかなわない。

このあたりのはずなんだけど……

ようやく少しばかり安定した足場にたどりつき、あたりを見わたす。

鬱蒼とした雑木林のなかに、酒瓶や多量の貝殻、ぐずぐずに腐った木材と、シンクの残骸。なぜこんなものがここにあるのか理解し難い廃棄物が乱雑に散らばっている。行政による不法投棄禁止の看板が廃棄物に埋もれている様がいかにも虚しく、そしてなにより臭い。

大分県中津市に位置する八面山は標高六六〇メートルほど。登山道なども整備されており、格好のハイキングコースといえる。山頂付近の大池には水神さまとして龍が祀られており、見晴らしのよい景観とあいまって、一部では「パワースポット」などともいわれているようだ。と同時に、いわゆる「心霊スポット」と称されることもあるという。

利水のために八世紀ごろには築造されていたという大池のほとりには、昭和期の決壊での復興工事の際の犠牲者のためとされる慰霊碑などが建てられている。また、その側には鉄格子に南京錠で施錠された古びた小屋などもあり、見方によっては異様な雰囲気を醸すところではある。小屋はどうやら機械室であるらしく、そこからパイプのようなものが池の水面にまで延び、ウンウンと男の唸り声のような不気味な音をたてる。取水ポンプなのだろう。

そんな池の外周に沿う歩道を逸れて、少し下った藪の中。

多量の蜘蛛の巣と廃棄物から生じる悪臭とに閉口しつつ、わざわざ筆者がそんなところに入り込んだのは、大輔さんからこの場所にまつわる次のような話を聞いたからだ。

登山を趣味とする大輔さんは、金色渓谷《かねいろけいこく》という沢づたいのルートで八面山大池を目指していた。

このルートはあまり利用されないのか、あるいは道を間違えたのか。道中は倒木に阻まれ藪に覆われ、思いのほか難儀したが、ともかく沢を登っていけば池には着くはずで、多少強引に進んでも行方を失う心配はなかった。

目的地に差し掛かろうという頃、沢は一旦地中に潜り、その向こうが大池となる。ここが最後の難関だった。距離にすればわずかなのだろうが勾配が急になり、獣道すら見当たらない。藪を漕ぎつつようやく進んでいくと、ん？

進むべき大池に向かって右側の視界の隅に、ちらりと人影が見えたような気がした。

使用されているのかどうかも心許ないほどに荒れた渓谷ルート、しかも平日の昼日中。ここまで誰にも遭遇してこなかった。もちろん、池の側から降りてくることもできるので、人がいたとしても不思議ではないのだが、山中ながらく一人の時間を過ごしてきた大輔さんは少しばかり驚き、歩を止めた。

勾配の加減と藪に阻まれ、ここからは見えないのだが、そちらに意識を遣ってみるとたしかに音が聞こえてくる。がさっ、がさっ、と獣が穴を掘っているような音だ。

それが何なのか確認しないまま目的地へと進む気にもなれず、とくに考えもなく音のする方へと進んでいく。近づくと音はよりはっきりと聞こえ、いまだ姿は見えないものの、察するに獣とは思われない。どうやら人が枯葉や土を掘り起こしているようだ。こんなところで探し物か？

「すみませーん、どうかしましたかー？」

と、声をかけつつさらに進む。土塁のようにやや盛り上がったところに登ると、音がする場所がうかがえる。

――いない。

今しがたまで掘る音がはっきりと聞こえていたのに、誰もいない。獣であるにしても、走り去る音やその気配すらなかった。おかしいなと思いながらも音があったはずの場所へと向かうと、たしかに地表が軽く掘られている。

その浅い穴のまわりに、いくつかの瓶が無造作に散らばっているのが目に付いた。なめ茸やメンマなどが入っているような、丸みを帯びた二十センチ弱の瓶、と言えば伝わるだろうか。

よくよく見てみると瓶は、透明、ないし若干の藻なのだろうか、わずかに緑がかったような液体に満たされており、その中に毛のようなものが浮かんでいる。動物の毛ではなさそうだ。見る限りでは人間の長い黒髪、その長さからして、おそらく女性のものと思われる髪の毛が、丸めるように折られて封入されている。

「気持ち悪いな」

ひとつならばともかく、同じような瓶が四、五個は転がっている。そのいずれにも、髪の毛らしきものが詰められていた。

まあいい。人かと思ったのは見間違えだったのだろう。

気にせず目的地に向かおうと再び歩き始めると、進むほどに、同じような瓶がそこかしこにいくつも落ちていることに気がついた。すぐ先の藪の足元に三つ、その向こうの木の根のあたりにふたつ、見ると、すぐ横の落葉のなかにも、倒れて半分埋まった状態でそこにある。それらすべての中に、黒い髪の毛が封入されているのだ。

なんだこれは。

ここまでの道中、こんなものはひとつも無かったはずだ。あるいは見落としていただけなのだろうか。ともかく足を進める先、視線を向ける先のそこかしこに髪の瓶詰めが転がっている。あたかも逃げ場はないぞ、と言わんばかりに。

大輔さんはなんだか気分が悪くなってきた。胸がつかえるような不快感がわき起こり、無性に吐き気がする。これはおかしい。

目的地の大池まではわずかだが、これ以上この場所にいたくないという気持ちが勝り、そこからすぐに下山することにした。帰路、視線の先にはその都度、例の髪の瓶詰めが残置されている。ときに転がるように、ときに埋まるように。

まとめて数個あることもあれば、しばらく目にしないなと思うと、思い出したかのようにポツンとひとつ現れたりもする。多すぎて見た数も数えきれなくなった。瓶に追われているかのような感覚にさいなまれ、自然と早足になってくる。

途中、何度かつまずき、転びながらもようやく登山道を出て舗装された車道に至ると、さすがに瓶もそこまでは追ってこなかった。


こんな話だ。


これを聞き、ぜひこの目で確かめてみたいと思った。

筆者は大輔さんに同行をお願いしたが、彼は頑として首を縦に振ろうとはしない。「あんなところは金輪際ごめんだ」と言う。

仕方なく簡易な地図を描いてもらい、それをたよりに、およその場所へとたどり着いたはずなのだが――

目につくのは廃棄物ばかりで、正直、これ以上足を踏み入れたいとは思えない。

とはいえせっかく来たのだから、もう少しだけ進んでみようか、と、なかば疲労からくる惰性でそのまま進むと、廃棄物の海はようやく途絶え、広葉樹の落ち葉が広がる雑木林へと場の様相が変わる。少しは歩きやすいかと胸をなで下ろしたところで、

「あった」

落葉の上に、まるで寝かされているかのように一本の瓶が置かれている。

足早に近づいてよく見ると、瓶はそれなりに年季が入っているようだった。ラベルは剥がれ中が見え、おそらく水なのだろうやや緑がかった液体に満たされていて、確かに毛らしき物が封入されている。

人毛なのかどうかについてはなんとも言えないが、少なくとも瞥見《べっけん》するかぎりでは黒髪に見えはする。ややチリチリとした硬質な感のある黒髪のようだ。

うわあ、あった……

という発見の喜びとともに、たしかに不気味だよな、という思いも去来する。

瓶は埋まるでもなく、その上に落葉が被さるでもなく、まさに几帳面に「置かれた」かのようにそこにある。周囲には人が分け入った跡もなく、一帯を落ち葉が絨毯のように覆っている。ずいぶんと確認したが、筆者が視認できた瓶はそれ一本のみで、そこかしこに同じようなものがあるということはなかった。

これが怪異と呼べるものなのかどうかはわからない。が、大輔さんが「髪の瓶詰」だというその物が、少なくともひとつは、確かにそこにあったのだ。

八面山大池（中津市）

トンネルの声　大分市内某トンネル付近

悠斗君が高校生のころ、自転車通学中の出来事だ。

所属するサッカー部のうちでも仲のよい三人は、いつも連れだって朝練に参加していた。大分市の中心部と南部とをつなぐトンネルが通学路になっており、この日も北側から南側へとそのトンネルをくぐる。普段から交通量の多い幹線道路で、とくにこの時間帯は自動車がひっきりなしに走っている。

一方で、冬の朝のことでもあってか歩行者や自転車は他にいない。トンネル内は暗く、壁面に埋め込まれた電灯と自転車の灯火がたよりだ。寒さと眠気から口数は少ない。片側二車線、それなりに大きなトンネルの歩道の幅は狭くはないが、誰が言い出すでもなく縦一列で黙々と自転車を漕いでいる。その日は、悠斗君が列のしんがりだった。

なかほどを超えたあたりだろうか。

「おいっ！」

突如、右耳の後ろ側、すぐ近くでそう怒鳴られた。

あまりのことに驚いてハンドル操作を誤り、悠斗君はその場に転倒してしまう。野太く低い男の声で、かなりの声量に思えたという。無論、周囲に人はいない。

前を行くふたりが異変に気づき、何事かと戻ってくる。

「いや、声が聞こえたから！」

実は、このトンネルには以前から怪しげな噂が語られていた。

曰《いわ》く、歩道を歩いていると誰もいないのに後ろから足音が聞こえるとか、どこからともなく鈴の音が聞こえてくるとか、ありがちといえばありがちな話だが、幼い頃にはそれなりに気味悪さを感じていたものだった。

もっとも、交通量の多いトンネルだ。車の通過音やクラクションなどがトンネル内で反響し、不可思議な音として捉えられても不思議ではないだろう。ある程度の年齢に達してからは、誰しもそんな噂のことはとくに意識しなくなっていた。

ひょっとしてこれは、そんな噂のような類いの現象だろうか？

それにしては、声があまりに野太く、はっきりしていて現実味を帯びていたが……


トンネルを出て学校までの道中、悠斗君は興奮気味に同行する輝君、大樹君に先ほどの耳元の声のことを語った。一般的なお化けのイメージとは異なる声色ではあったが、あの時、トンネル内の歩道に彼ら以外には誰もいなかったことは確かだ。これはまさに、心霊体験なのではないか。

聞いていたふたりは、

「ほんまかえー」

などと半信半疑ではあったが、それでも一応、怪奇現象だとは認められ、部活内で新たな体験談として喧伝された。

それからしばらく、この怪奇現象を模した遊びが三人の中でのブームとなった。ほとんど大喜利的なノリだ。

翌日、トンネルを越えると輝君が「耳元で、国語の○○先生が…」と教師の特徴的な口ぶりを真似してみせると、大樹君は「たしかに野太い男の声で、待たんかえっ！　と聞こえたわ」と語りだす。その次の日には悠斗君も「三組の××さんの声が…」とみなの憧れの女子学生の名を挙げれば、負けじと輝君は「いや、俺なんか□□ちゃんが…」と人気のアイドルの声がしたと主張する。大樹君はあえておどろおどろしく「男の低いうめき声がずっと聞こえてた」などと言って大仰に「ぐううう」とうめいてみせた。

そんなことが一週間ほど続いたが、十日もすればブームも下火になり、トンネル内での怪しげな声のことなど話題にものぼらなくなっていった。むしろ、冷静に考えればこんなノリが一週間も続いたことが滑稽ではある。

二週間くらい経った頃だろうか。

トンネルを出てしばらく進んだところで大樹君が改まって、

「なんか、やっぱ……うめき声、聞こえてね？」

と言い出した。

もう時期を過ぎたネタではあったので、正直「いや、もうええって」という感が先に立ち、

「たぶん前に聞いたのと同じ、低くて太い男の声でずっと……」

と続く大樹君の説明を、悠斗君も輝君も受け流すかのようにしてきちんとは取り合わなかった。それから二、三日の間だっただろうか。やはり大樹君はトンネルを通過するたびに男のうめき声がどうの、電話がどうのと言っていたが、悠斗君も輝君ももはや関心をもてず、軽く聞き流してすぐに他の話題に移った。話題を変えてしまえば大樹君もそれにのってきたので、このことをあまり真剣に受け止めてはいなかったという。

あるとき、トンネルを出たところで大樹君が急に自転車を止め、

「ちょ、待って！　やっぱりや！　わかった！」

と大声を張り上げる。何事かとふたりも止まって事情を聞いてみれば、大樹君は今通ってきたトンネルを戻り、北側の入り口付近にある電話ボックスの公衆電話を調べるべきだと言う。何のことだかよくわからないが、あまりに決然とそう宣言するので、悠斗君も輝君も気圧されたかたちで同行することにした。

たしかに、北側の入り口すぐの左手に、絵に描いたように典型的なスタイルの電話ボックスがあった。すでにスマホが普及していた当時、もはや電話ボックスや公衆電話に意識を遣る機会はほとんどなく、正直なところ、悠斗君はこんなところに電話ボックスがあったこと自体を認識していなかった。もちろん、目にはしていたはずである。

一旦、三人で視線を交わすと大樹君が率先して中に入り、いたずらっぽい笑みを浮かべながら受話器をとる。

緑色のそれをおそるおそる右耳にあてた刹那、ふっと表情が消えた。

明らかにおかしな変化だった。一瞬で、まるで仮面がはらりと落下したかのように、大樹君が無表情になる。「えっ」と思って見ているうちに彼はおもむろに悠斗君に受話器をわたし、表情のないまま、のろのろとボックスを出て行く。輝君も違和感を覚えたようで、怪訝な顔で大樹君の背中を視線で追った。

咄嗟に受話器を受け取った悠斗君は、その流れでつい意図せぬまま受話器を耳にあてる。

ツ――――――ッ

受話器からは、今や懐かしさすら覚える発信音が聞こえる。何の変哲もない発信音が、ただ聞こえるだけだった。

その日以降、大樹君は人が変わったように「無愛想になった」のだという。

あの時、すぐに大樹君の方に向かい、笑って、

「なんもないやんけっ！」

と言葉を投げかけたのだが、彼はこちらが期待したような「ドッキリでしたぁ！」的な返答をすることもなく、黙って無表情に自転車に乗り、そのまま再び学校へと向かうべくトンネルに入る。残されたふたりは顔を見合わせつつ、あわててその後を追った。

その後すぐに大樹君は共に通学することをやめ、サッカー部も退部した。クラスが違っていたこともあり、部活という接点がなくなると急速に疎遠になっていった。時折、遠目に彼のクラスの教室内にいる大樹君の姿を見かけないではなかったが、いつも一人で着席し、無表情のままただ真っ直ぐ前を向いている。

そんな彼の変わりように輝君が立腹してしまったこともあり、結局、言葉を交わす機会を得られぬまま卒業を迎え、その後、彼がどこでどうしているのかはわからない。

今思えば、あれはきっと普通のことではないのだと輝君を説得し、ともに彼のクラスにでも自宅にでも声をかけに行くべきだった。もしくは、自分ひとりででも……と少なからぬ後悔の念を抱いているが、あの電話口で大樹君が何を聞いたのか、あるいは、別段何も聞いていなかったのかは、今ではもうわからない。

そう言われてみれば悠斗君が語るとおり、つい最近までこのトンネルの入り口付近には電話ボックスがあった。筆者の記憶では、たしか二〇二三年かその翌年頃に撤去されたはずである。ボックスがあったはずの場所に行ってみると、たしかにその部分の舗装タイルのみが正方形に真新しく、その痕跡を残している。

今となってはもう、その撤去された公衆電話の受話器を取って、何が聞こえるのかを確かめてみることはできない。

＊＊＊＊

先に述べたとおり、どうやらこのトンネルには他にもいくつか怪異の噂があるらしかった。残念ながら筆者が聞く範囲ではあまりめぼしい話を得ることはできなかったのだが、調べてみると、このあたりが歴史的に興味深い伝承のある地であることがわかった。

トンネルが造られたのは昭和三十年。昭和四十四年には二本に増やされ、現在のかたちとなっている。トンネルができるまで、大分市の中心部と南部を隔てる峠を越えるには、現在のトンネルの東側の山道か、西側の「堀切り」を通るのが一般的だったとされる。ともに細く険しい峠道で、おそらく車馬は峠を迂回する別ルートを使用したのだろう。

東側の山道をいくぶん登ったあたりには「首切り堂」と呼ばれる遺構がある。堂とはいうものの建物ではなく大きな岩で、石造りの祠が二基設えられている。今は風化してその姿を確認するのは難しいが、古くはおそらく磨崖仏だったのだろう。かつて罪人の首を切ってこの岩の上に晒したとか、大友《おおとも》氏統治時代の処刑場だったなどとも伝えられる。地元では密かに「ここはヤバい」と噂される怪異の場でもあるそうだが、残念ながら、何が起きるのかなどの具体的な話は今のところ聞き及んでいない。

もう一方の、トンネルのやや西を抜けるルートは堀切峠とよばれ、ながらく交通の要所でありつつ、古くはときに追剥ぎや拐《かどわ》かしの出るようなところでもあったという。ここには、興味深い話が遺されていた。

トンネルの声　　大分市内某トンネル付近

首切り堂（大分市）

江戸時代、寛政年間の話。ある旅人が堀切峠の宿に泊まることにした。その夜、床についてしばらくした頃、なんとなく人の気配を感じて目を開ける。暗がりのなか、部屋をしっかりと見渡せるわけではないのだが、あたりをうかがってみると枕元、手を伸ばせば届こうかというところに、すっと静かに座っている者がある。

「わっ」

驚いた旅人が半身を起こすと、座っている者はどうやら若い娘であるようだ。

なんだこんな時間に。宿の者だろうか？

旅人が起きたのを認めたのか、娘らしきその者は無言のままに首に巻いている布を一枚一枚、ゆっくりと取り外し始めた。何が起こっているのか皆目見当の付かない旅人は、目をこらして様子をうかがう。娘はするりするりと布をはずしていくが、はずせばはずすほど、布にはひとつの大きな黒班が広がっていく。

血痕だ、と旅人は思った。

いよいよ布全体が黒々と染まりだしたところで娘はさめざめと泣きだし、絞り出すようなか細い声でひとこと「首を探して」と訴えかける。

気づくと娘には首から上がなく、それでも押し殺したような鳴き声のみが続いている。ここに及んで旅人は、これはただ事ではないと確信したという。


この話がまことしやかに伝わると、人々はこれを山弥長者《さんやちょうじゃ》の娘の幽霊だと噂した。

実はこの堀切峠は、大分県の民話として伝わり、井原西鶴《いはらさいかく》の『日本永代蔵《にほんえいたいぐら》』に描かれる万屋三弥《よろずやさんや》のモデルとなったとされる江戸時代の豪商・守田山弥之助《もりたさんやのすけ》、通称山弥長者が家族ともども処刑された場所でもあったのだ。

山弥長者は、豊後府内藩《ぶんごふないはん》を拠点に一代で財をなした富豪とされる。当時の藩主竹中重義《たけなかしげよし》とも懇意だったようで、いわば御用商人として活躍していたのだろう。長崎奉行も兼ねた重義が密貿易の嫌疑で切腹を命じられ、代わって日根野吉明《ひねのよしあき》が入封してもその権勢は変わらず、西国一の長者と呼ばれていたという。

ある時、山弥の大豪邸を吉明が訪ねた。この屋敷には、ガラス張りの天井に水を張って金魚を飼うという贅が尽くされていた。吉明にたいして、山弥の息子が寝そべりながら足で天井を泳ぐ金魚を指したところ、この行為が無礼であるとして山弥一族は捕縛されてしまう。山弥は屋敷から府内城までを飛び石のように埋め尽くすほどの千両箱を差し出すという条件を提示して命乞いをするも、赦免はなされず、一族ともども堀切峠で斬首されたとされる。

堀切峠に現れる若い女の幽霊は、この際に処刑された山弥の娘であり、哀れにも打ち落とされた首を探しているに違いないとの騒ぎになった。娘の霊を慰めるべく、寛政十年に峠に観音像が建てられると、以後、首を探す娘の幽霊ははたと現れなくなったという。

なお、この時に建てられたとされる観音像は、現在もこの場所にあり、地域の人々の崇敬を集めている。

クローゼット　大分市南部某所

前々から、少し気にはなっていた。

最新とまではいえないものの、それなりに新しさのあるワンルームマンション。八畳一間に、玄関までの通路に並走するかたちで小ぶりなキッチンがあり、狭いながらもお風呂とトイレはセパレートだ。大学生の一人暮らしにはなんの不自由もない間取りだろう。あえていえば収納スペースが少なく、通路を挟んでキッチンの向かい側に蛇腹式扉のクローゼットがあるのみだが、支払っている家賃の額を考えればこれで十分といえる。

気になるというのは、ときどき、自分以外に誰もいないはずなのに、なんとなく何かの気配を感じることがあったり、クローゼットの中から何やらもの音がしたりすることだ。眠ろうと床についたときに、何かがふっと触れたように感じて驚いて起き上がったこともある。

もっとも、それらは気のせいといってしまえば気のせいなのだろうし、暮らしていくにとくに重大な支障があるわけでもない。

が、さすがにこれは……

バイトが終わった夜遅く、今しがた帰宅して玄関の鍵を開け、通路を経て電灯をつけようと部屋に足を踏み入れたところで、ぐにゃっと何かを踏みつけた。

「魚っ⁉」

そのサイズや質感、一瞬びちっと跳ねたように思えたところからも、咄嗟に生きた魚を踏んだと思った。しかしもちろん、魚など買った覚えはないし、よしんば購入していたのだとしても部屋の床の上に置いたままにするはずもない。誰かのイタズラか、との疑念もよぎったが、現に今、自分で鍵を開けて入ってきたのだ。自分以外の誰かがあらかじめ何かを仕込むことはまず不可能だろう。

瞬時にさまざまな思考が去来するが、ともかく明かりをつけて確認する。それなりに片付いた部屋のフローリングを注視しても、魚はもちろん、そもそも踏みつけてしまうような物体は見当たらない。右の足裏でとらえたあの感覚は、気のせいなどとしてすませてしまうことができないほど鮮明な現実感をもっていた。

部屋の中に、鼠なりなんなり動物でもいるのだろうか。しっかりとしたコンクリート造りのマンションで、動物の入り込む余地などなさそうにも思えるのだが。あるいは、まさかとは思うが、心霊的な何かなんだろうか。

この部屋に住む佐藤君は、もちろん娯楽としてホラー映画なりそれ系のテレビ番組なりを嗜むことはあるものの、いわゆる心霊現象の類いが実際にあるなどとは露ほどにも思っていない。しかし、今まさに体験した、何もないところで得体の知れない何かを踏むという現象は、ひょっとするとそういう系統のものに該当するのかも知れない。と、そう思いつつも同時に、「そんな馬鹿な」とこの発想を自ら諌める程度の知性は持ち合わせているつもりでもいる。

誰かに相談してみるべきかとも思うが、恋人や友人にこんなことを言い出したらヤバいやつだと思われかねない。そのあたりを上手くこなすべく、おもしろおかしく笑い話に仕立て上げて話す自信もない。どうしたものか。

さすがにこれは、気のせいですませられるものではないとは思ったものの、ともかくその日は気休めまでに入浴時に右足裏をしっかり洗い、あまり深く考えずに寝ることにした。

そんなことがあってから、二週間くらい経った頃だろうか。

大学の授業をおえて一旦帰宅し、ほどなくしてアルバイトに出ようとクローゼットを開け、とくに意識するでもなく備え付けの洋服掛けに掛かる薄手のジャケットに手を伸ばしたところで、とんっと前腕に何かが当たる。

「ひ、ひとっ⁉」

その感触は、明らかに誰か自分以外の人間と軽く衝突したときのそれだ。考えられる状況としては、クローゼットの中に誰かが入っていて、服を取り出す拍子にその人物に手が触れたというより他にない。

反射的に手を縮めて身をこわばらせる。見ると、中に人がいるわけではなく、ジャケットの左奥に掛かっているシャツの右袖に、生身の人間のそれと思われる腕のみが下がり、袖口から手がのぞいている。白くほっそりしたその様相から、おそらく女性の手だと思われた。

クローゼットの中に人がいたほうが、まだマシだった……。

佐藤君には、衣服の袖の中に人間の肩から下の部位のみが入っている状況を上手く把握することができなかった。しばし思考停止し、微動だにできない。ともあれ、なんであろうとこれはマズい状況に違いないと思えてきて、そのまま玄関を飛び出した。バイトどころではない。ヤバいやつだと思われるなどと言ってもおれない。靴も履かずに飛び出した佐藤君は、そのまますぐ近くで同じように一人暮らしをしている恋人の鈴木さんの家の呼び鈴をならす。

幸いにも鈴木さんは在宅しており、息も絶え絶えに、今自室で見てきた事を説明した。

明らかに困惑する鈴木さんは、ともかく佐藤君の部屋に一緒に行って、状況を確認してみようと言う。佐藤君も少し落ち着きを取り戻してその提案を容れ、ふたりで部屋に戻ることにする。道すがら、佐藤君は以前に踏みつけてしまったあれは、魚などではなかったのだなと思い至ってあらためて身震いした。

クローゼットを覗いてみる。鈴木さんがスマホの照明を中にかざしたが、特におかしなものは見当たらない。件のシャツを取り出してみても、そこに人の腕など入っているはずもない。しばらく部屋の中をさまざま探し回ってみたものの、特段何かを発見することもなく、しばらくして鈴木さんは帰宅し、佐藤君も遅刻にはなってしまったが、アルバイトへと向かうことにした。

その後、今のところは特に何かが起こるわけでなく、あれ以来、多少物音が気になることがないではないが、あの白い腕を見かけることはなかった。

ただ、おそらくこの日のことが主な原因だろう。あれから鈴木さんはなんとなくよそよそしくなってしまい、結局、哀しいことにしばらく後にフラれてしまったのだという。

なお佐藤君は、例のシャツこそ気味が悪いと処分したものの、費用の面などからもそう容易に引っ越すわけにもいかず、今なおこの部屋で暮らしている。

山を指さす

大分県西部某所

県内にいくつかある、いわゆる「少年自然の家」にまつわる話。

小中学校などでの合宿研修に使用される公共施設「少年自然の家」は、学校単位で子どもたちが夜を過ごす場だ。多くの場合、郊外に所在し建屋も古く、いかにもな雰囲気の場所で、地域や学校ごとにその場での怖い話が生じてきたとしても不自然ではあるまい。場合によっては、レクリエーションの一環として肝試しなどが行われることもあるかも知れず、そんなことが影響してか、足音が聞こえるとか少女の幽霊がとか、兵隊さんが落武者がなどというティピカルな話はおそらくどの施設にもあるのだろう。

衛藤君が小学五年生の頃。ある「少年自然の家」に林間学校に行くことがあった。この施設にも、「○○」という部屋には幽霊が出るとか、端部屋の「××」では、あるはずのない隣部屋からの物音が聞こえるとか、ありきたりな噂がいくつかあった。幸か不幸か、衛藤君の班はそのような曰くつきの部屋には割り当てられず、少し残念な気がしつつも、正直なところ安心してもいた。

ただ、この施設には、「敷地内から、とある山を指さしてはいけない」という禁忌があった。仮にO山としておこう、施設内からわずかに距離のあるその山の方向を指さししてはいけないというのだ。誰が言い出したのかはわからないし、これをどこから聞いたのかも覚えていない。朧気な記憶で定かではないが、いつの時かのオリエンテーションで教師からそのような注意があったような気もする。

この日、同じ班として同室となった鶴岡君は二年前に他県から越してきた児童で、どうやらこの話を知らなかったらしい。同じく同室の秋山君は地元育ちで衛藤君とも親しかったが、ちょっと怖がらせてやろうとでも思ったのか、鶴岡君にこのことを話して教えた。

すると鶴岡君は、

「いっぺん、やってみようか？」

と悪戯《いたずら》っぽく目を輝かせる。

もちろん衛藤君も秋山君もそれはだめだと止めはするのだが、たしかに、何がどうだめなのかはよくわからない。それに、自分でやるのは正直遠慮したいところだが、誰かがやるのであればその顛末を見てみたくもある。

「いけんぞ、いけんぞ」

などとさも止めているように囃し立てるが、これはほとんどバラエティー番組のいわゆるフリのようなもので、もはや鶴岡君がO山を指さすのが既定路線となったところで、彼はタイミングよく右手を振りかざし、迷うことなくO山の方向を指さした。

「…………」

もちろん、だからといって何が起こるわけでもない。
三人は互いに顔を見合わせて爆笑する。調子に乗ったのか鶴岡君はさらに立て続けに何度かスパッ、スパッと山の方向を指さす。腹を抱えつつ他のふたりは、

「やめちょけ、やめちょけ」

と口先だけで止めるそぶりをみせる。

「!?」

ところが、その時。
床のあたり、おそらくベッドの下からか、すっと何かが鶴岡君へと走り寄った。一瞬、イタチかとも思ったがそれにしてはやけに長い。蛇だろうか。いや、毛に覆われている。直径は十センチほど、長さ一メートルはあろう長細いものが素早く鶴岡君にとりつき、その右足にうねうねとまとわりついた。うねうねは全体的に黒っぽい毛に覆われ、とこ

ろどころ毛が薄いところにはうすだいだい色が透けて見える。外観はイタチかネズミ、しかしその形状は巨大ミミズといったところだ。

そんな生物を見たことがない衛藤君は驚愕して体が縮こまり、「なんとかしないと、このままでは鶴岡君が危ない」と強く思いながらも言葉も出ない。どうしよう、どうしよう……

刹那、秋山君が飛び出て鶴岡君の右腕をつかみ下ろす。勢い余ってふたりは絡み合いながらその場に倒れ込んでしまった。

「痛てて、なんや、なんや？」

状況が飲み込めていない鶴岡君に、「もうええ、もうええから」と言葉をかける秋山君の口調こそ冗談めかしていたものの、その表情には慄きがかいま見られ、あきらかに強張っている。

倒れ込んでいる鶴岡君の右足を見ると、かのうねうねはきれいさっぱり消え去っていた。指さしをやめたから……なのか？

「だ、大丈夫か？」

手をかして鶴岡君を起こしている秋山君の背後で、衛藤君がようやく口を開く。咄嗟に動くこともままならず、こんなありきたりな言葉を、それも状況が落ち着いてからようやく絞り出すことしかできない自分がもどかしくて情けない。秋山君とて驚きもしただろうし、怖くもあっただろう。それでも彼は友人を守るべく果敢に飛びかかり、鶴岡君の指さしをやめさせたのだ。衛藤君は、密かに己を恥じた。

どうやらあのうねうねはどこかに行ってしまったようで、鶴岡君に変わった様子も見られず、実にあっけらかんとしている。事態を把握していないらしい彼にこの状況をわざわざ告げるのも気が引けて、結局、衛藤君も秋山君も何が起こっていたのかを彼に伝えそびれてしまった。

秋山君とふたりになったタイミングで、あれは何だったんだろうかと、衛藤君が切り出してみる。秋山君が語るのを聞くに、どうやら衛藤君が見たものと秋山君が見たものの間には相違があるようだった。秋山君が見たのは毛むくじゃらの巨大ミミズなどではなく、手だったという。黒っぽい毛に覆われたやけに細長い腕と手が、くねくねと鶴岡君に絡みついたというのだ。

ふたりが何かおかしなものを見たらしいことは確かだ。ただその内容が異なるために互いに確信が持てず、また、一番の当事者であろう鶴岡君に何らかの影響が見られたわけでもないため、このことはなんとなくふたりの間だけでの話となってしまった。秘密というわけではないのだが、あまり口外する気にはなれなかったという。

蛇足とも言うべき話を続けるならば、その後、やがて鶴岡君は美大に進み、その方面の仕事に就いているという。高校生の頃。ちょうど美大受験の準備の時期だったのだろう、鶴岡君の家に遊びに行くと、デッサンと言うのかクロッキーと言うのか、鉛筆書きの精巧な絵が無造作に置かれていた。その中に、手を描いたものがあったのだが、その手の絵というのが実に鬼気迫る、異様な力強さを持つものに感じられた。

もちろん衛藤君は全くの素人なので、それが他の美大受験生の水準と比べてどの程度のものなのかはわからない。ただ、鶴岡君自身もモティーフとして手は得意だと言っており、衛藤君としてはここに若干の因果を感じてしまったのだそうだ。

秋山君とは高校が異なったために次第に疎遠になってしまったが、今でもＳＮＳなどを通じて互いの近況を知る仲ではある。彼は今、陸上自衛官としてその任に当たっている。

コトリ

宇《う》佐《さ》郡某所、玖《く》珠《す》郡・速《はや》見《み》郡境界の山中

宇佐郡のとある村を舞台とする民話である。

村の農家の夫婦に、四歳になる男の子がいた。父が野良仕事に出ている間、母親が夕食の支度としてイビラ餅とよばれる稗と小麦粉と草の根でこしらえる団子のようなものを作っていた時のこと、寝かせていた子が起きだして、わんわんと泣き始めた。腹でも空かせたのだろうか。

「泣かないで、今作ってるからね。あんまり泣いてると、子取りに取らせますよ」

と母が言う。

この地方では昔から、泣いている子を泣き止ませるための一種の脅しとして、「子取

り」という化け物をだしに使うことがよくあったのだ。

子どもは素直に子取りを怖がり、しばらくの間必死で泣くのをこらえていた。が、脅しの効果はそう長くは続かない。ふたたび激しく泣き始める。

母の方でも支度を急いではいる。あまりに騒々しく泣くもので、ついつい腹を立ててしまい、

「もう、いい加減にして。泣き止まないと、ほんとに子取りに取らせますよ。ほら、そこにもう子取りが来てますよ！」

などと叱りながら子の方を振り向いた瞬間。

床のあたり、おそらく軒下からか、すっと何かが子の方へと走り寄った。一瞬、イタチかとも思ったが、それにしてはやけに長い。見るとそれは、黒々とした毛の生えた何ものかの手だった。その手はまさに子を捕らえんと、蛇のようにするすると向かっていく。

「あっ！」

母は咄嗟に走りより、その手にイビラ餅を掴ませる。

するとその奇怪な手はしっかりと餅を握りしめ、そのますうっと床の下へと消えていった。すんでのところで、子は無事だった。

母は子をしっかりと抱きしめ、涙ながらに自らの言動を悔いた。たとえ嘘でも脅しでも、子どもを何者かに取らせるなどということを言うべきではなかったと。

かつて、日本の昔話を取り上げる著名なアニメ番組で題材とされたこともあるらしいこの話は、土屋北彦《つちやきたひこ》の『大分の民話 第一集』（一九七二年）にあるものだ。ここでは子取りは「大きな袋を背中にかついだ大男」だとされ、子どもの泣き声を聞きつけるとどこからともなくやって来て、大きな袋に子を捕らえ、いずこかへと連れ去っていくものと描かれている。

＊＊＊＊

これは製鐵の仕事に就いていたという森氏が、かつて若い頃にとある山深い村の村人から聞いた話。この村の者だという長身の老人が、「ずいぶん昔のことですが……」と懐かしむように語ったことだという。

仮にF村とするこの村の者三名が連れ立って東豊後へと出かけていた、その帰路。玖珠郡の人里離れた山中で昼食をとることにした。馬を止めて岩場に腰掛け、弁当を広げ各々舌鼓を打っていると、傍らの藪がガサガサと乱雑に音をたてる。

なんだ？

見ると、音の方向から一人の男が歩いてくる。その者は背丈が異様に高く、骨と皮のみとも言えるほどに痩せていて、髪は乱れに乱れ髭も伸び放題。おまけにその背中は青々と苔むしてすらいる。見るからに異形のものである。

三人が驚きのあまり声も出せずにいると、その者はひたひたと彼らの前に歩み寄り、

ひとこと、

「めしをくわせろ」

と言う。

あわてて残りの弁当を全て差し出すと、その者は脇目も振らずがつがつと食物に食らいつく。実に汚い食べ方だ。食べながら「どこのものだ」と問うてくる。三人は困惑して顔を見合わせるが、うちひとりが「……ふ、F村です……」と答えると、その異形のものははたと手を止めた。

「Fむらぁ？　Fむらなのか？」

と、驚いた様子で顔をあげ、ぎらぎらとした目でこちらを凝視し、しゃがれた声を絞り出すようにして告げる。

「われも、Fむらのものだ」

まさか。と、さらに驚きつつも訝しむ三人に、その者は次のように語った。

自分はとある事情で親に捨てられてしまい、このように難儀して困っている。ずっとこの恨み言を告げるために村に行きたいと思っているが、いかんせん行く暇も余裕もない。今はとある者に使われているのだが、その者の人の使い様というのがあまりに非道《ひど》いのだ。今日もこれから阿蘇《あそ》にまで使いに行かねばならず、正直、今もまさに急がねばならないところだ。なので頼む、村に帰ったら、自分の父母にこのことを伝えて欲しい。今なお恨んでいると。もし父母が存命ならば、そのことをぜひに伝えて欲しいのだ。

手に付いた米粒をべろりとねぶると、その者はまるで藪の中を飛ぶように、驚くべき速さで去って行った。

実はこの時から二、三十年ほど前、F村ではある騒動が起こっていた。

F村に暮らしていたとある一家に、四歳になる男の子がいた。見かけるとつい村人たちの口元もほころぶような、可愛らしく元気な子だったが、とにかく夜泣きがひどかったという。連日の夜泣きで両親も疲弊していたようで、村の者たちも心配して気には掛けていたそうだ。

ある夜、この子があまりに激しく泣き続けることがあった。両親はなんとか寝かしつけようとするが、何をしてもほとんど徒労であるように思われた。昨日も明日もろくに眠りにつけないその傍らで、子が理由もわからぬままに大音量で泣き続ける。このやるせない時間が、あたかも永遠に続くかのように錯覚された。

耐えかねたのか母親が、

「そんなに泣くのなら、もう化け物に連れて行ってもらうよ」

と脅し文句を口にして、懲らしめようとでも思ったのか、その子を戸外に連れだし、木戸のあたりに置いてきてしまった。無論、そのようなことをすれば子はさらに泣きじゃくるのだが、しばらく聞いているとその泣き声が遠のいていくようにも思える。入れてくれと近づいて来るならばまだしも、遠のくのは不自然だ。四歳の子がこんな時間に暗い中、ひとりで敷地を出ようとするとも思えない。

するると、泣き声の様子が明らかにおかしくなった。声は道を越えて、まるで宙を舞うように田畑の上を動いているかに聞こえる。異変を察した父母があわてて外に出てみると、あっという間に泣き声は遙か遠くに離れてしまっている。必死で追うものの、ついに声は村境いの嶺を越えて聞こえなくなってしまった。

近所の人々もすぐに事態を聞きつけ、松明《たいまつ》を手に方々を懸命に探し回る。翌日からは村をあげての捜索が始まった。近隣の村々からも加勢を得て、連日かなりの範囲を探し回ったのだが、残念ながら何の手がかりも得ることが出来なかった。

両親は悲嘆に暮れた。愚かにも懲らしめようなどと思ったばかりに、最愛の息子を失ってしまったのだ。村の者も我がことのように心を痛め、せめてもとその日を命日として弔うこととした。


三人はまだ若く、このことを直接見知っていたわけではなかったが、もちろん話には聞いていた。もしやこの異形のものが、このとき行方不明となった子のなれの果てなのだろうか。異形のものが語ったことが事実かどうかは確認のしようもないが、確かに、話の内容は符合するようにも思える。

かの両親が、今なお亡骸もない墓にいつも花を手向けていることも知っている。はたして両親にこのことを伝えるべきだろうか。もちろん、どんなかたちであれ子どもが生きていたことは、親の立場からすれば喜ばしいことではあろう。しかし、あのような姿になって、しかもなにやら山の怪の手下として使われている。あまつさえ、親を恨んでいるとまで言うのだ。

けして「捨てた」などということではない。若い三人にもそれはわかる。ただ、あの者の現状を鑑みるならば、このことは村の者には伝えずに、自分たちの胸の内に秘めておいた方が良いのではないか。あの両親も、すでに子は亡くなったものとして、このことは知らぬままでいる方が良いのではないか。

そう考えつつ、沈鬱な心持ちで黙々と帰路を進んだ。三人ともほとんど口も利かず、鬱々と険しい山道を歩き続ける。

――しかし、あれが村の者である以上、同じ村の人間として、なすべきことがあるはずだ。

村が近づいてくる頃、誰とはなしに口火を切った。

およその出没場所はわかった。阿蘇への使いの途中であるともいう。では、どのあたりを根拠としているものと考えられるか。

山狩りをするとして、何人で何日くらい必要だろうか。近隣の村に協力を請うとして、どの程度の人員が確保できるか。

彼を使っているものが何かは知れぬが、何村の誰それは名うての猟師だ。協力を要請しよう。村の誰それのところの犬はとくに鼻が利く。あのあたりの山に詳しいのは誰それであろう。他には……

山は人に豊かな恵みをもたらすものであると同時に、過酷に人を脅かすものでもあった。人は山に生かされ、助けられ、翻弄され蹂躙されて、また人は山を敬い育み、畏れ開拓し、時に命をかけて抗ってもきた。山に生きるとはそういうことだ。

あの者が生きているならば、きっと救い出すことができるはずだ。

たしかに雲を掴むような話ではある。それでも歩みつつ語りつつ、喧々諤々議論は続いた。ある程度の方針が朧気に掴めだした頃、三人は見慣れた嶺に視線を上げる。

あの嶺を越えれば、F村だ――

「彼を捕らえて使っていたのは、どうやら天狗だったようですね」

そう推察する森氏は、この件のその後については詳《つまび》らかにしていない。

そのため、それからの彼らが何をなし、その結果がどうなったのかは、今となっては杳《よう》として知れない。

首くりの木

別府《べっぷ》市小鹿山《おじかやま》周辺

そういう話って、たいてい尾ひれがついて、大袈裟なものになりますよね。

だからほんと、眉唾モノだよなあって思っちゃうんですよ。丸太町さんには悪いけど。

と、怪談の類いに冷ややかな麻衣さんが、それでも語ってくれたご自身の体験談である。

先に触れたのとは別の、大分県内のとある少年自然の家に向かう道中に「首くりの木」とよばれる一本の木が立っていた。学校行事で少年自然の家に向かう際などに送迎のバスから見えていたとのことで、今三、四十代くらいの世代の間では不気味な木としてよく知られた存在だったようだ。

なんでも、青々と茂る森林の中、その木だけが枯れて（または禿げてとも）おり、遠目にも目立ったのだという。また、その枯れ具合や佇まいが妙に気味悪く、いつの頃から か、この木で首をくくって自死する者が絶えないという話になったのだそうだ。

それが事実なのかどうかは、わからない。

ただ、これもいつ頃かは定かではないが、どうやら枯れたか切られたかしたらしく、現在、この木はもう残っていない。そのため、具体的にどこにどのように立っていたのか、一体どのように不気味だったのかは判然としない。


麻衣さんが小学四年生だった頃。もちろん、当時の彼女もこの木にまつわる話は知っていたし、実際に木を見たこともあった。

林間学習のために学校のみんなと貸し切りバスで少年自然の家に向かう道中、件の「首くくりの木」が見えてきた。「ああ、あの木だ。やっぱりなんだか怖いな」などと思いながらぼうっとその木の方を見ていると、首のあたりがわずかにじわっと温かくなるような、そんな違和感を覚えた。

おやっと思い、隣の座席の彩さんに話しかけようとしたところ——

声が出ない。

ついさっきまで普通に話せていたはずなのに、なぜか呼気がするすると口から漏れ、声帯を震わすことができない。驚きつつ必死に声を出そうとしていると、彩さんの方でも異変に気づいたらしく、こちらの顔をのぞき込む。

「えっ」

ただ口をパクパクさせているだけの麻衣さんの様子に彩さんも驚いたようで、その驚嘆はすぐに周囲の児童たちにも伝播した。声が出ないらしいということはすぐに理解されたが、といって小学生にはそれに対処するすべもない。

そのまま無為に時間が過ぎる。三分ほどか、五分はあっただろうか。バスは「首くくりの木」が見えないところにまで進んだ。すると再び、急に麻衣さんの声が出るようになった。それこそ、何事もなかったかのようにだ。

まあ、それだけの話なので、単に喉の調子が悪かったのか、行事に向かう高揚感もあって、曰く付きとされた木を見たことをきっかけに、ちょっとしたパニックのような感じになったのか。

実際、そんなところだと思うんですけどね。

と、ここまでが麻衣さんが当時体験した話なのだという。

ただ、この話にはいわゆる「後日談」的なものがあるんですよ。

問題は、そこなんです。

含み笑いを見せながら、麻衣さんが続ける。

この体験のことは、もちろん記憶にはありながらもとくに気にすることなく日々を暮らし、いまや三十代もなかばを過ぎた。ある時、この小学校の同窓会があって麻衣さんも出席した。懐かしさからさまざまに思い出話が花を咲かせるなか、ふと何の気なしに、麻衣さんがこの体験のことを話題に挙げた。

驚くまいことか、この件についてはむしろ同窓生らの記憶にこそ鮮烈に刻み込まれていたようで、彩さんをはじめ、当時周囲にいた複数の同窓生たちが口々に、興奮気味にその時の状況を語り始めた。

「ああ、覚えてる！　あれはほんとに、僕も怖かったよ！」

そうよ、急に声が出なくなって、本人であるわたしが一番怖かったわよ。

「そうそう、急に口をパクパクさせはじめて、隣にいて何事かと思ったわよね」

必死で助けを求めたんだけど、なぜか声だけが出なかったのよ。他には何の異変もないのに。

「俺がいまだに不思議に思うのは、後ろに誰もいなかったことなんだよ。そもそも麻衣ちゃん、あのとき窓側に座って通路側を向いてたわけだから、後ろに誰かいるはずはないんだよ」

後ろがどうかとか、関係ある？　誰もいないってなによ？

「そうそう、誰もいないはずの後ろから、どういうわけか首を絞められて……」

首？　いやいや、声が出なくなっただけよ。

「麻衣ちゃんの顔が、みるみる赤黒くなっていくのを見て、私、ほんとどうしようかと……」

んん？　なんか違くない？　だから、たんに声が出なくなっただけで……

「ああ。で、あれ以降しばらくは、はっきりと人の手で首を絞められたようなアザが残ってたもんな。後ろに人がいるなんてこと物理的にありえないし、よしんば誰かがもぐり込んだとしても、あんなに強く人の首を締めるなんて。冗談の域を超えているというか、全く、常軌を逸してる。結果的に何事もなくて良かったよ。ほんと、あれは一体、何だったんだろうな」

こんな話になってたんですよ、と言って麻衣さんはあきれたように鼻を鳴らす。

ただ声が出なくなったというだけの話が、首を締められただとか、アザができただとか。

たしかに一時期、首回りに炎症だか湿疹だかが出来たことがあって、皮膚科に通ってはいたけれど、それはたしか……もう少し後だったたか、とにかく、四年生の時ではないはずだしね。

当の本人が、何が起こったかをちゃんと記憶しているのに。

ほんと、世の中のこういう話って、いい加減なものでしょ？

神楽女湖《かぐらめこ》

別府市別府

運転免許を取得してまだ日が浅い高山君は、練習がてら友人の今田君を伴ってドライブに出ることにした。とはいえ、交通量の多い市街地を走るのはまだまだおっかなびっくりなところがある。そこで、今田君の提案を容れて夜の山間部、志高湖や神楽女湖のあたりを巡ることにした。夜間の山道などむしろ危険ではないかと思われるのだが、今田君は平気だよと楽観的だ。

もちろん、神楽女湖に怪異の噂があることは知っていた。けして詳細を把握しているわけではないが、湖面から無数の白い手が出るとか、そんなような話だったと記憶している。もちろん噂を真に受けているわけではないが、せっかくだからその場所がどんな様子なのか確認してみるのもいいだろう。

鬱蒼とした森の中を左右にうねる山道を走る。幸いにも晴天で、他に走行する車もなく気持ちよく走ることができた。今田の言うとおりだったな、などと思っていると、突如大雨に見舞われる。

山の天気は変わりやすいとは聞くものの、こんなに急変するものなのだろうか。フロントガラスに大粒の雨滴が叩きつけられ、ワイパーを最速で稼働してもとにかく視界が悪い。目的地まであと三キロほど。比較的道が整備されていて走りやすい県道はその向こう側にあるため、引き返すよりは進んだ方がいいだろう。慎重に先へと進む。

ややあって雨脚は衰え、これくらいの雨ならばと胸をなで下ろしていると、今度はあっという間に濃霧に包まれた。雪中でのホワイトアウトとはきっとこのようなものなのだろうと思わせるような状態で、数メートル先の視界も覚束ない。これはもう湖面の白い手どころの騒ぎではない。このままなんとか県道に出て、今夜は大人しく帰宅することにしよう。

恐る恐る進んでいくと、ありがたいことに霧も次第に薄くなってきた。県道はもうすぐのはずだ。

「あ、これだな、神楽女湖」

助手席の今田君が前方を見ながら言う。
見てみると右手に、「阿蘇くじゅう国立公園 神楽女湖」と書かれた観光案内板がある。木製を模したような濃い茶色の看板だ。これを右折すれば神楽女湖なのだろう。
なにも今夜行かなくとも、そう遠い場所でもないので、またいつでも来られる。怪異がどうとかいう以前に、今夜は運転の面での怖さがあるためそのまま直進する。県道まではあとほんの少しだ。

「いやあ、雨、ヤバかったなあ」

などと今田君と言葉を交わしながら進んでいく。雨は上がり、霧はまだあるとはいえ先ほどにくらべればずいぶん薄くなってきた。時折なだらかなカーブがあるもののほとんど直線と言っていい山道をゆるゆると進んでいく。

「あ？」

今田君がやや素頓狂に声をあげた。

「ちょっと、まてまてまて……」

それに呼応して高山君が速度を落とす。

「あぁ？　嘘だろ？　神楽女湖……」

今田君の指摘の通り、さっき見かけた木製を模したような濃い茶色の看板だ。高山君にもはっきりと視認できた。ついさっき看板の前を通過して直進し、ほとんど真っ直ぐに進んできたはずだ。知らぬ間に元に戻るなどということがあろうはずもない。どういうことだ？

「ああ……あれだろ、似たような看板がいくつかあるのかも。観光地だし」

おそらく合理的な解釈であろう見解を高山君が口にすると、

「ああ、そうだよな。何個かあるんだな。そうだよ……」

と今田君も賛同するそぶりを見せる。が、言い出した高山君ですら、全く同じような観光案内板がふたつも設置されているものなのだろうかとの疑念に苛まれている。

ともかく、そのまま直進しよう。時折なだらかなカーブがあるもののほとんど直線と言っていい山道を進む。戸惑う気持ちからか、ついつい速度が上がってしまう。

「あ、ああ……」

車を止めた。

今田君の言を待つまでもない。五、六メートルほど先、ヘッドライトに照らされて、さっき過ぎ去ったはずの濃い茶色の看板がある。「阿蘇くじゅう国立公園　神楽女湖」。同じものに違いない。

「うわっ！　あれ、見ろっ！」

今田君が前の方を指さして言う。彼が指す先、神楽女湖へと右折する侵入道の向こう側の路端に、ちいさな看板が立っている。よく登山道にあるような、支柱に横長の板が打ち付けられているだけの簡素なものだ。そこには次のような文言が記されていた。

「女の子から声をかけられても車に乗せないでください」

……聞いたことがある。いや、思い出したと言うべきか。

もちろん、あくまで人づてに聞いた噂話にすぎない。とくに根拠もない風説の類いではあろうが、神楽女湖に出るとされる手の話には、その背景として付随する逸話（これもまた噂の域を出ない）があったのだ。

この湖からほど近くに、今は使われていない合宿施設がある。かつて、ここの利用者なのだろう小学生くらいの女の子が行方不明になることがあったという。それ以来、神楽女湖の湖面から無数の白い手が出るようになったとされるのだ。

また同じ頃、夜間このあたりで小さな女の子の霊が出没するようになったらしい。住宅などのない山中、こんな時間におかしいと車を止めると、女の子の方から車に乗せてくれるよう声をかけてくるというのだ。

このようなことが頻発したために、行政なのか地域の人なのかが「女の子から声をかけられても車に乗せないでください」との看板を設置した。そんな話だった。

ただし、実際にはこのあたりにそんな看板は存在しない。そのことはみな承知のうえで、あくまで「かつてあったと言われている……」というような語り口のものなのだ。

「出せっ！　ええから車出せっ！」

今田君が喚くように言う。おそらく彼もこの話を知っており、自分たちの身に異変が起こっていることを確信したのだろう。弾かれたように高山君は車を走らせた。例の神楽女湖の観光案内板の前を直進し、再度、なだらかなカーブがあるもののほとんど直線と言っていい山道を進む。つい速度が上がってしまうが、高山君の運転の腕前では下手に加速してしまうとむしろそのことの方が危険だろう。

「焦らず急げ！　慌てずに急げ！」

無論そのことをふまえてだろう、今田君が矛盾するものの適切な台詞を飛ばす。一心不乱にハンドルを握り、もう随分と走ったはずだがと不安が増してきたところ、ようやく丁字路に差し掛かった。

「県道だ！」

助かったと思い今田君の指示に従って右折する。このまま進めば、別府の街に行き着くはずだ。よかった――

「焦ったあっ！　何だったんだろうなあれ」

と今田君に言葉を投げかけるも、反応がない。

チラリと助手席をうかがうと、今田君はぐったりとして動かない。

ええっ？　何っ？　なんでっ？

混乱しながらもしばらく進み、街灯などが現れやや明るくなってきたところでスペースを見つけて一旦車を止め、「おい！」と声をかけながら今田君を強く揺する。

今田君は、眠っていた。

それも、雨が降り出した頃から眠りに落ちたらしく、そこからの記憶はないと言う。

そんな馬鹿な。

雨が降り霧が出て以降も、しっかりと会話を交わしていたではないか。そもそもあの看板を発見したのも、今田じゃないか。

「え?　何?　ごめんごめん、寝てしまった。いやほんとすまん……」

眠っていて何も覚えていないと言う今田君に、「じゃあ俺が話していた相手は誰なんだよ」との思いが頭を過るが、高山君はそれを言葉にするのをぐっと堪えた。なぜだか、言ってしまうのが恐ろしい気がしたのだ。

「いや、ほんとなんです。信じられないかもしれないけど、ほんとに見たんです」

と、高山君は念を押して話を締めくくる。

「女の子から声をかけられても車に乗せないでください」という看板がかつてあったとされるものの、実際にはそんなものは存在しないのだ、というナラティブを踏まえたうえでそれを見たというのだから、信じてもらえないのではないかと思うのも無理もないだろう。

別府市の神楽女湖はよく知られた観光地で、とくに花菖蒲の時期には多くの観光客が訪れる。環境整備も行き届いた風光明媚な場所で、少なくとも明るい時間帯に訪れる限りには、怪異が起こると思えるような場ではないだろう。

行方不明になったとされる少女については、筆者が調べた範囲では、該当するような記録や記事に行き当たることができなかった。「女の子に話しかけられても……」の看板についても、地元の人たちを含めさまざま当たってみてはいるのだが、それが実際に存在したという証言は今のところ得られていない。そのため少なくとも現時点では、女の子と看板の話については根拠のない噂と捉えざるを得ないだろう。

調べを進めるなかで、目撃者として体験談を聞かせてくれたのが上記の高山君である。筆者にとっては貴重な証言に他ならず、今後もこれらにまつわる話を収集していきたいと考えている。

由布岳をのぞむ神楽女湖（別府市）

疲れていただけ

大分県北部某所

大分県下のとある公共施設。当時、三十代前半でこのエリアに転入してきた健太さんは、とにかく疲れていた。仕事は上手くいっていたものの、それが故の度を超した忙しさ。そのうえ転入の手続きなどが加わり、こなさねばならない用件がどんどん積み重なっていく。

おそらく建替えなり改装なりがあってまだ間がないのだろう、真新しく小洒落たこの施設での用件を終え、自動ドアをくぐって外に出た。書類などをまとめて鞄にしまいつつ、そこから車のキーも取り出さねばならず、歩きながらでは覚束ないため、ドアを出てすぐ右手にあるベンチに一旦座って荷物を整理する。外はやや肌寒いが、ともかく用事のひとつが一段落したことにほっとして目を瞑り、目頭を軽く指で押さえる。

ポツ、ポツ……

手に水滴が降りかかる。雨でも降ってきたのかと思って見てみると、

「汚なっ！」

手にいくつか付着した水滴は黒く濁り、なにやら粘度が高くネバついている。なんだこれは、と思う間にも、まさに雨の降り始めのようにポツポツは次第に増してくる。エアコンの室外機の故障か何かで汚れた水が降りかかってきたのかとも思い、振り向いて施設建屋を見上げると、

「ええっ⁉」

ビル全体に黒っぽく汚れた液体がほとばしり、真新しい窓ガラスや壁面に見苦しく滴状模様を描いている。その出所はわからないが、室外機がどうこうというようなレベル

ではない。あたりには、まさしく雨のようにしとしとと黒い液体が降り注ぐ。ともかく屋根の下に入らねば。すぐ後ろにある施設のエントランスに駆け込もうと立ち上がると、

「うっ」

エントランスは全面ガラス張り。ところどころに薄黒い垂れ模様が下がりつつ、中の様子はうかがえる。そのガラスの向こう側から、何かがこちらをじっと見ている。

いや、それはおそらく人なのだが、全体的にぶよぶよとなんとも不定形で、とくに細部がぐにゃぐにゃとして形状が上手く判別できない。男性なのか女性なのか。衣服があるのかないのか。手、足、胴、首があっておよそ人間の背格好ではあるのだが、そのぬらぬらとした質感はホラー映画の中の世界のようで、たしかに眼前にありながらも自分と地続きに存在するとは思えない。

そんなものがじっとこちらを見つめて立ち尽くし、時折ぴくっ、ぶるっと断続的に身を震わせている。

あるいはそういう人なのかも知れぬとつい会釈をしてしまったあたり、われながら驚きのあまり混乱しているのだろう。咄嗟に健太さんは駐車場へと走り出した。何かは知れないが、とにかくここを離れるべきだと本能的に悟ったという。その間も、まるで雨の中を走っているかのように黒い粘液は降りかかり、ぬるぬると身を濡らす。
飛び乗ってドアを閉め、ウインドウからエントランスのあたりをうかがってみようとすると、車のガラスに付着しているのはただの水滴で、黒く汚れている様子はない。表面張力で丸く小さく規則的にまとまった無数の透明な粒は、キラキラと美しかった。

雨だ。ただの雨だ。

なんだ雨かと胸をなで下ろして視線を落とすと、いや、やはり衣服は黒く汚れている。さっきまで感じていたような粘り気はないものの、薄く濡れたグレーのトレンチコートがまだら状に黒く染みているではないか。うわっ……何なんだよ、これ……
結局、気味が悪いと思って、その時着ていたコートとスーツはすぐに処分してしまったという健太さんは、それでもこの現象を、「ただ疲れていただけですよ」と自嘲気味に評する。その後にも幾度か同じ施設を訪れねばならないことがあったが、あれ以降はとくにどうということもなく、おかしなことが起こったのはあの時の一回きりだという。

あの時は相当疲れていましたので、あのベンチで一瞬、ちょっと寝入ってしまったんでしょうね。で、変に短く浅い眠りをしてしまったものだから、おかしな夢でも見たんでしょう。まあほんと、おかしな夢でしたけどね。情けない話で、お恥ずかしい限りですが。

ぬるぬる

大分川流域某所

市内を流れる大分川に沿って堤防の下を走る車道。何の変哲もない片側一車線の舗装道路だが、自宅からコンビニへ向かうルートにあたるため、和彦さんは普段から頻繁にそこを歩いている。このところずいぶんと日が落ちるのが早くなってきたな、などと感じつつ進んでいると、パシャッと液体らしきものを踏んだ。

「んん？」

雨が降ったのならばどうということはない。ただの水溜まりだろう。が、このところ長らく晴天が続いており、あたりに雨水が留まっている様子はない。誰かが水を蒔いたわけでもなさそうで、どこからか漏れ出したような痕跡も見られない。普通に乾いた路面である。

足下を探すように見回してみたものの、すぐに「へんだなあ」と思いつつ歩みを進める。まあ、そんなこともあるのだろう。


別の日、同じルートを歩く。まだ夕日が残ってはいるものの、街灯がちらほらと灯り始めた。もう一枚羽織ってくるべきだったかな、などと思いつつ進んでいると、

ぐにゃ

何かを踏んでしまった。嫌な予感がする。

感触としては個体というよりは液体に近い、ゲル状のもののようだったが、軽くため息をつきつつ足下に視線をやると、踏んだと覚しきものが見当たらない。普通に乾いた路面である。

ああ、そういえば数日前もここで……と、この時になって先日の水溜まりらしきもののことを思い出したが、今回はわずかではあるが悪臭を伴っている。まず間違いなく、

かの踏みたくはないものを踏んでしまったのだろうと思うのだが、よくよく見てみても、靴底にも路面にもそれらしきものが見当たらない。

さすがに不思議に思ったが、しばらくすると臭いも収まったようなので、そのままコンビニへと向かうことにした。


それから数日後、同じルートを歩く。手狭でありながら意外と交通量が多いこの道、そろそろ懐中電灯でも持参した方がいいのかな、などと思いながら歩いていると、

べちょっ！


と何かが左足首あたりにまとわりついた。

あえて例えるならば、勢いよくスライムに足を掴まれたような感触で、類似する体験がないために何事が起きたのか瞬時には判断がつかない。驚いて足下を確認するも、やはりそれらしきものは見当たらない。いつもと同じ、普通に乾いた路面である。

なんだこれは。

和彦さんも、さすがにこれは気のせいなどではなく、何やらおかしな事態らしいとは思った。前回、前々回のことを思い起こすと、どうやら同じ場所で起こっているようだ。とはいえ、自らの足と周囲の状況をまじまじと目視する以外にとくに出来ることもなく、なんだろうなあと首をかしげながらもコンビニへと向かうことにした。

さらに数日後。さすがに今度は、あそこでまた何かが起こるかも知れないと警戒しながら、同時に一体何が自分に触れているのか見極めてやろうとの好奇心も含みつつ、路面の様子をうかがいながら問題の場所を歩き進んでいくとぐぐっ、

「おわっ！」

急に足下を強く引っ張られ、車道左側、道路にすぐ隣接する民家の敷地に倒れ込んでしまった。

「痛えっ！」

力強く足を引かれたものだからその拍子に膝が変に曲げられて痛めてしまうわ、転倒した際に尻餅をついたために臀部から腰に掛けても鈍く痛むわ、地面に手をついて掌を擦りむいたようでこれもまた地味にヒリヒリ痛む。そのうえ、あたりがやけに臭い。下水のような、反射的に嘔気を誘う悪臭だ。

何かは知れないが、ぬるぬるしたものに左足を掴まれ強く引っぱられた感触があまりに生々しく、恐ろしくなってこの日は慌てて家へと逃げ帰った。

和彦さんは一計を案じる。ともかく、あれが何だったのかは確認してみたい。が、これまでと同じように道路左側を歩いていくと、また掴まれたり引っ張られたりするかも知れない。それはもう御免だ。

そこで和彦さんは、車道の向こう側、川の土手側に渡って堤防の上の小道を歩いてみようと考えた。そこからならば足に触れられる心配もなく、かつ少し高い視点からあの民家の前を観察できるはずだ。明るい時間帯のほうがよかろうと思い、仕事がある平日ではなく週末を待つ。そうこう考えていると、事態の解明がなんだか少し楽しみになってもきた。

週末、手はず通りに堤防の上を歩いて行く。もうそろそろ件の民家が見えてこようとするところまで進むと、

「ありゃ？　ありゃりゃりゃりゃあ……」

足を引かれて敷地内に倒れ込んでしまったあの民家が、焼けている。

黒く炭化した柱が伸び、おそらく多少の片付けなどはしたあとなのだろうが、燃え残ったらしい残置物が黒々と散乱している。おまけに、焦げたような不快な臭いもいまだに鼻をつく。火事があったのだろう。

テレビを持っておらず、また新聞もとっていない和彦さんは、近隣といえるエリアの火事のことを知らずにいたようだ。思い返してみても消防車などが騒がしかった覚えはないから、騒ぎは不在の間だったのかも知れない。咄嗟にスマホを取り出し、該当するニュースがないか調べてみると、すぐに地元紙の記事に行き当たった。

――大分で住宅全焼。〇日〇時〇分頃、××さん方から出火。約二時間後に鎮火したが、木造二階建住宅〇〇平方メートルを全焼した――

和彦さんは引き返すことにした。もちろん、火事の後のあの場所の様子は気になったし、自分が出くわした一連の現象と火事の間に因果関係がある可能性も捨てきれない。しかしそれでも、上手くは言い表せないが、世の中にはあまり不用意に近づかない方がいい事柄もあるのだという気がしたのだそうだ。

大分川（大分市宗麟大橋より）　※本文中の場所とは関係ありません。

玄関あけたら

佐伯《さえき》市、大分市、日田《ひた》市、豊後大野《ぶんごおおの》市

ガララッ

突然、玄関の引き戸が開く音がする。こんな時間に？

偶然にも付近にいた植村氏の母が驚いて振り向くと、扉が二、三十センチほど開いて隙間から初老の男性が顔を覗かせている。

えっ！

植村氏の母が驚嘆したのはもちろん、相手の男性もっとに驚いた様子で「あっ」と目を見開き、わずかな間お互いを見合うと、そのまますごすごと扉を閉めて音もなく立ち去った。

その男性は、見紛うことなく三年前に亡くなったおとうさん、つまり植村氏の母の夫だった。

これは、びっくりはしたけれど、まったくもって怖くはなかった話。

＊＊＊＊

ドンドン、ドンドンドンドン

磨り硝子の引き戸が打たれる音がする。

一瞬、学君の口元がわずかにほころんだように見えたから、彼の母親でも帰宅したのかと思った。促されてふたりで玄関まで行く。

ええっ？

扉を見ると、外側には誰もいないようだ。もし誰かがいるのなら、磨り硝子を透して
そのシルエットが見えるはずだ。
誰もいない。何もない。

ドンドン、ドンドンドンドン

にもかかわらず、扉は確かに打ち叩かれ、音をたて、あまつさえ音に合わせて衝撃に
揺れている。
どういうことなのかよくわからず学君の方をうかがうと、彼は扉に見入ったままで、

「絶対に開けちゃいかんけんね」

と、確信をもった小声で告げた。

この日、涼太君は学校が終わると学君に誘われるがままに彼の家へと向かったのだった。学君とはけして親しくない。むしろ、ちゃんと話をしたのはこの時が初めてではないか。そのくらい関わりのない相手だった。それが何故かこの日、家においでと招かれたのだ。理由はわからない。近所だからか、あるいはほんとうは誰でもよく、偶然涼太君がそこにいたからだったのか。

学君はクラスでやや孤立した存在で、しかしそれを気にしてもいないようなタイプだった。涼太君も半年ほど前に転校してきた立場で、スムーズに周囲になじめているとは言いがたかった。そんなことから、学君からすれば話しかけやすかったのかも知れない。

家に着いてもとくに何をするでもない。ご家族は不在で、学君とふたり、さして話すこともなく、お菓子が出てくるでもなく、古びて薄暗い木造二階建て家屋で無為に時間だけが過ぎていく。そこへ、

ドンドン、ドンドンドンドン

何の前触れもなく引き戸が打たれたのだ。

この現象は思いのほか長く続いた。もう五、六分は経っただろうか。一向にやむ気配がない。強くなりもせず弱くなりもせず、また一定の規則性があるわけでもなく、しかしまさしく誰か人間がそうしているように扉が叩かれ、ガタガタと揺れる。問題は、いくら目をこらしてみても、扉の向こうにいるはずの扉を叩く人物がまるで見えないことである。

気味が悪くなって部屋へ戻ろうとすると学君が肩を掴み、無言でゆっくりと首を横に振ってこれを制する。結局、しばらくしてひとりでに収まるまでこの現象をずっと見せられた。

翌日からも学校で学君が話しかけてくるようなことはなく、彼との間で親密さが増すようなこともまったくなかった。涼太君にしてみれば、昨日のあれがいったい何だったのか皆目見当がつかない。その後、学年が上がる時期に学君一家が他所へと引っ越してしまったため、結局、あれが何だったのかは確認のしようもないままだ。

「あれからですよ。あれがきっかけに違いないんですよ。それまで、こんなことはなかったんですから」

こう語る涼太君はそれ以降、年に一度か二度ほどの頻度で、この同じ現象に悩まされることになった。最初は学君が引っ越してしばらくした頃、自宅に独りでいるときに玄関のドアが強く叩かれた。

ドンドン、ドンドンドンッ！

インターホンのモニターには誰も、何も映っていない。玄関まで行ってドアスコープを覗いてみても誰もいない。それでもドアは叩かれ、音とともにゴトゴトと振動している。まさか自分の身にこんなことが起こるとは思っていなかった涼太君は愕然としたが、それ以来、進学して独居したワンルームマンションにも、就職後に入居した１ＤＫのマンションにもそれはやって来た。

涼太君はこれを学君のせいだと考えている。あのとき学君宅でこの現象を見せられたがために、移されたのか増殖したのかは知らないが、結果として自分の身にも起こるようになったのだと。もし再び学君に会うことがあれば、どういうことなのか厳しく問い詰めてやりたいところだが、それでも現在に至るまで、「開けちゃいかん」との学君の忠告はしっかり守っている。

これは、涼太君が今なおお抱えている困った話だ。

＊＊＊＊

気配とは何だろうか。音か、匂いか。それらも含む、わずかではあれさまざまな情報の総体なのか。

ある冬の夜、村でも剛力の者と知られた某の家の戸外から、あきらかに尋常ならざる気配が漂ってきた。戸を開けてみると、なにやら異形のものが立っている。

「何者か」

と問うてみても答えもせずに立ち尽くしているその者は、およそ六尺、一・八メートルほどの背丈で赤黒い毛に全身が覆われている。いかにも怪しい。

腕に覚えのある某はこれを捕えんと、その異形のものに組み付いた。むっとした獣臭に包まれる。異形のものもこれがなかなかに力強く、某をもってしても組み伏せることがかなわない。しばらく押しつ押されつしていたものの、機を見て異形はするりと身を翻し、あっけなく逃げられてしまった。

某の手には馬の尾にも似た黒く粗い毛が三十センチほど残っていたが、これが一体何の毛なのかはわからずじまいだったという。

これは、大分県日田の国学者、森春樹《もりはるき》が江戸時代後期に記した『蓬生談《ほうしょうだん》』にみられる話である。森はこの異形のものを、おそらく山童《やまわろ》だろうとしている。

大分県の、とくに山岳地域には巨大猿やセコ、山童など異形の獣にまつわる伝承が多く遺されている。

たとえば一九六一年の地元新聞の記事に、猟師が三メートルはあろうかという巨猿に遭遇した話が挙げられる。曰く、豊後大野市に聳《そび》える傾山《かたむきやま》近辺の原生林での冬のある日、突如鳴り響いたうなり声に驚く猟師の眼前に巨猿が現れ、両手を高くあげ、真っ赤な口をあけて立ちはだかったという。猟師は這々の体で逃げ帰ったが、以来、高熱を発してうわごとを言う日がしばらく続いたそうだ。

なおこの記事によれば「ほんの六、七年前」にも別の猟師がこの巨猿に遭遇し、やはりうわごとを言いながら顔面蒼白で逃げ帰って来たのだという。

黒いなにか　　　大分市内某所、大分県中部某所

傾山（豊後大野市）

黒いなにか

大分市内某所、大分県中部某所

「しぇんせー、おばけみちゅけたー」

と、嬉しそうに保育士の優花さんのところに園児が走り寄ってくる。

ついさっき捕獲したらしい「おばけ」とやらを優花さんに見せようと、だいじそうに握った小さな両掌を少し開けると、

「わっ」

手の中で、黒く長細くやや艶やかなものがひくひくと脈打つように動いている。

切れたトカゲの尻尾だ。

「すごいの見つけたねえ。これ、おばけなのかなあ」

昆虫やハ虫類が苦手な優花さんは一瞬たじろいだものの、そこはさすがに職業柄、子どもたちにそれらを見せられるのにはすっかり慣れた。その園児に笑顔で返すと、園児の方はすぐに踵《きびす》を返し、

「そうだよー」

と言いながら他へと駆けていく。

なにやら得体の知れない動くものを見つけたときに、それを「おばけ」だと表現する子どもの豊かな想像力と、躊躇なく「おばけ」を拾い上げて周囲に見せようとする屈託のなさに、つい笑みがこぼれた。

数日後、また同じ園児が優花さんのところに走り寄ってくる。

「しぇんせー、また、おばけみちゅけたー」

ついさっき捕獲したらしい「おばけ」とやらを優花さんに見せようと、だいじそうに握った小さな両掌を少し開けると、

「……ええっ」

手の中で、黒く長細くやや艶やかなものがバタバタとのたうっている。

その形状はやたらと手足の細長い人間……いや、猿かなにかのようだ。ただ、質感とサイズはやはり虫に近く、あえていえばコオロギか、そう思いたくはないがゴキブリかのようだが、たしかに手足は四本、胴体があり、頭部にははっきりと人……いや、小型の猿のような顔があった。胴体部分が二センチ弱、手足を含めると三、四センチほどか。

優花さんがすっかりたじろいで言葉を失っていると、園児の方はすぐに踵を返し、

「すごいのみちゅけたでしょー」

と言いながら他へと駆けていく。

それだけの話で、その後とくに何かが起こるでもなく、その園児も元気にすごし、やがてごく普通に卒園していった。

なので優花さんは、あれはきっと見間違いなのだと自分を納得させている。きっとコオロギか、そう思いたくはないがゴキブリかなにかを、咄嗟に人……いや、猿のようなものに見間違えたのだろうと。

＊＊＊＊

大分市内のとある学習塾の自習室。

高校受験をひかえた華奈さんは、授業のあと親が車で迎えに来るまでの間を、その日の内容の復習にあてていた。中学生にとってはやや遅い時間帯でもあるせいか、すでに塾の生徒はみな帰宅したようで自習室には他に誰もおらず、心地よい静けさだ。

ふっと、足元になにかが触れる。

ややくすぐったい毛の感触から、猫がすり寄ってきたのかと思ったが、学習塾に飼い猫はいないいし、外から猫が入ってこられるような施設でもない。とはいえ踝《くるぶし》から十ないし十五センチくらいの高さにふわりと触れられたので、普通に考えれば猫か小型犬だろう。

そう思いつつ、きりのいいところまで設問への回答を終えてから、視線を足元へ遣る。

「うわっ」

思わず声が漏れた。

机の脚のあたり、さきほど毛の感触がした右足から三十センチほど離れたところに、黒い小動物がいる。問題はその姿形だ。猫でもない犬でもない、あえてその大きさを例えるのであれば、小さめのイタチくらいだろうか。異様に細長い手足で尾のない生物が、しげしげとこちらを見つめている。一瞬、ぬいぐるみが動いているのかとも思ったが、人間のように白地に黒で大きくギョロつく目は、とても作り物とは思えない。

その顔は、華奈さんが地元のお祭りでの演目として見かけた神楽のお面に似ていた。ギョロッとした大きな目で、歯をむき出しにして笑っているような口元の、当時の華奈さんからすれば不気味に見えた神楽面の顔に。

そんな姿の生物を見たことがなかった華奈さんは、息を飲んで動けなくなった。

が、当の黒いなにかの方ではさして気にしている様子もなく、ふいっとあちらをむいて、急ぐでもなくひたひたと四足歩行で自習室を出て行った。

まるで、そこにいるのが当たり前だとでもいうように。

あれから十数年。もちろん、このことは当時から今に至るまで、家族や友人・知人らに話してきたのだが、ほぼ誰もまともに信じてはくれず、猫や犬や、大きなネズミかなにかの見間違いだろうと笑われることが多かった。

見間違いではないことを立証すべく、華奈さんなりにいろいろと該当しそうな動物を調べてみたものの、いずれもあれではない。あの日以来、実物は無論のこと、図鑑・写真・ネット情報にいたるまで、あんなおかしな生物を見聞きする機会は一度もなかったという。

＊＊＊＊

今はどうなのか知れないが、大分市郊外のとある運動公園のあたりは、かつては鬱蒼とした藪が茂るのみだったという。あたりには民間の廃棄物処理場らしき場所があるだけで、普段はほとんどひと気もないようなところだったそうだ。

加藤君が中学生だった頃、処理場の奥の山道の藪に「お化け」がいると噂になった。噂の発端はどうやら同じ部活の先輩達らしく、聞いてみると、犬でも猫でも狸でもない不気味な「なにか」を見たという話が、人伝に拡がるうちに「お化け」ということになったのだそうだ。

実際に見たという先輩のひとりから詳しい場所を教わることができたため、加藤君はクラスで仲の良かった三、四名に声を掛け、連れ立って探してみることにした。そのなかには、普段からやや お調子者の気がある石田君も加わっていた。石田君はややおっちょこちょいではあるものの、笑顔の絶えない気のいい人物で、いつも友人に囲まれ楽しげにしていた。

みなの都合が付いた、とある土曜日。

彼らの校区から「お化け」がいる藪まではかなり距離がある。自転車でそこまで向かうだけでも息が切れるのだが、おまけに小雨まで降り出した。正直なところ、みながもう面倒だなと感じつつあったのだが、そのなかで石田君だけは意欲を失っていない様子で、ところどころに投棄されたゴミなどが目に付く小汚い藪に率先して分け入る。そんな彼につられるかたちで、他のメンバーもあたりを探索しはじめた。

二、三十分はそうしていただろうか。

「いたーっ!」

藪のずいぶん奥の方、もう姿が見えないようなところから石田君が大声をあげる。と同時に、ガサガサと獣が走り出すような音が聞こえたから、おそらくそこになにかがいたのはたしかだろう。そのなにかは、石田君の大声に驚いて逃げてしまったようだ。

「ああーっ」


石田君の落胆がそれに続く。捕まえでもするつもりだったのだろうか。

石田君は興奮した様子でそこになにがいたのかを説明するが、とにかく情報量が多すぎて要領を得ない。みなはおおかた野良猫か狸か、そんなようなものだろうとは思いつつ、見たものを絵に描いてもらうことにした。

誰かが差し出したノートに懸命に描く石田君の画力は明らかに並以下で、あたかも幼児が描いたようなタッチで黒々しく塗られた楕円形の胴から、不自然に長い手足が生えており、顔と覚しきところにはギョロリとした目と、歯をむき出しにして、さも笑っているかのような口が収められている。何とも形容しがたい珍妙な動物だった。

みなはややあっけにとられたが、オカルトにくわしい大島君が、

「うーん、あえて言えば……鵺《ぬえ》、かなあ」

と見解を述べると、そこからは口々に「いや、ゴブリンだろ」とか「これが噂のちっちゃいおっちゃん」とか「子泣き爺に違いない」とか、もうノリでなんでもありだった。誰かが「一反木綿」と口にした際にはさすがに石田君も、

「いや、それは違う」

と明確に否定し、「たぶん、新種の猿だよ……」と、意外にもその場で出てきた中ではいくぶんまともそうな説を唱えるのだった。

ただ、みながけたけたと笑うなか、加藤君はひとり、なんとも言いがたい禍々しさを感じていたという。

帰宅後、その夜から加藤君は高熱にうなされた。頭痛と関節痛が襲い朦朧としながらも、翌日に一日養生しているとなんとか症状も落ち着き、月曜日にはどうにか登校でき

た。雨のなか藪を歩き回ったために、風邪でもひいたのだろう。

登校してみると驚いたことに、探索に参加した者の全員が、あの日から翌日曜日にかけて高熱に見舞われていたのだという。この状況に加藤君は薄ら寒いものを感じたが、石田君だけは違っていた。

いつもにまして楽しそうな彼も、土日を通して発熱していたとのことだが、なんとあの翌日、日曜日にも高熱をおして再びあの藪に入り、一日中ひとりで謎の黒い生き物を探していたのだという。そのことを嬉々として方々に語り回る石田君の姿には、さすがにみなも大丈夫なのかと戸惑いを隠せずにいた。


こんなことがあってからも、石田君はいつもと変わらず笑顔の絶えない気のいい人物で、友人に囲まれて楽しげにしていた。むしろ、これまで以上にその明るさに拍車がかかったようにも見えた。少々気になったのが、あの日以降の彼の「お化け」への執着ぶりだった。

あれから石田君は、ほぼ毎日あの藪に通って「お化け」を探し続けている。

初めのうちは一緒に行こうと誘われもしたし、捜索範囲を広げているのだなどという報告を受けたりもしていた。ついぞ目撃したという話は聞かなかったが、黒い生き物について語るときの石田君の様子は、とにかく嬉しそうに興奮気味でその勢いに圧倒される。

ただ、他の者は部活などもあり、あんなところにそうそう行ってもいられない。もちろん仲違いをしたわけではなく、ときに言葉を交わすこともあるのだが、ことあるごとにあの藪で見たという黒いなにかについて饒舌に語る石田君に、次第に辟易とせざるをえなくなっていったのだ。

一緒に「お化け」を探しに行った面々は、少しずつ石田君とは距離を置くようになった。

なかでも大島君は、もちろん明言はしないものの、石田君を意図して避けているようにさえ見えた。なんでも、楽しそうにはしゃいでいる石田君の顔が、あの時石田君が絵に描いた黒い生き物のそれに似てきて気味が悪いというのである。

「ほら、見ろよあの顔」

目配せする大島君の肩越しに、同じクラスの別のグループと楽しげに話す石田君の後ろ姿が見える。その顔はうかがえないが、そう言われてみれば、黒い学生服を身にまとい、細長い手足を大袈裟に振るう石田君のシルエットは、なんとなくあの絵を彷彿とさせるように思えなくもなかった。

加藤君の知る限りでは、石田君は卒業に至るまで毎日のようにあの藪の探索に行っていたようだ。高校は別のところに進学したため、その後の彼がどうしているかはわからない。他の面々も進路はそれぞれであり、およそ同じような認識だろうが、石田君は高校に上がってからもおそらくあの藪に通い続けていただろう。

大島君から間接的に聞いた話では、今やどうも彼の様子は普通ではないという。具体的にどういうことかまでは聞いていないが、大島君の言によれば「魅入られてしまった」のだそうだ。

さすがに、今に至ってなおあの藪で「お化け」を探し続けているとは思いたくないが。

＊＊＊＊

観光向けのキャッチコピーとして「おんせん県」を称するだけあって、大分県は温泉湧出量において日本一を誇る。そのため県内には、大型の行楽施設から町内の古びた共同浴場にいたるまで、さまざまなタイプの温泉施設が点在している。この話は後者、けして大きくはないとある町の温泉浴場でのものだ。場所のイメージをいうのであれば、昭和の頃の町内の小さな銭湯を想像してもらえれば、おそらくそれに近いだろう。

夕食をおえた七海さんは、ひとりでその浴場へと向かった。子どもの時分から利用している通い慣れた温泉だ。脱衣をおえて浴室に入る。やや遅い時間帯だったためか、七海さんの他には誰もいない。洗い場で髪や体を洗いおえると、家庭用よりはいくぶん大きいものの、広々と、とまでは形容できないサイズの浴槽へ向かうべく、振りかえりつつ立ち上がった。その時。

ざばっ！

びちゃちゃととと……

湯船からなにかが飛び出し、奥側の壁面を素早く器用に登っていく。

「ひゃっ」

七海さんは息を飲んで尻餅をついた。タイル張りの床面にしこたまぶつけた臀部が痛い。

壁面を登るのは、大きさとしてはイタチくらいか、それよりやや大きい猫くらいか、黒い毛のはえた生き物だ。高窓に登り着くと一瞬こちらを振り向いて威嚇するように目を見開いて歯をむき出し、そのままわずかに開いた窓の隙間からするりと外に出て行った。

七海さんとて、言ってしまえば田舎であるこの地域で生まれ育った。イタチや狸やアナグマなどの小動物は、幼い頃から何度も目撃している。しかし、今見たものはそれらのどれでもなかった。丸みを帯びた尾の無い胴に、奇妙なほどに細長い手足。黒々とした顔の質感は猿のようだが、その形状や表情は、どう見ても人間だ。七海さんの言葉を借りるならば、「黒い人面猿」なのだという。

「ほんとですって。あれは絶対、普通の動物ではなかったです」

こちらが疑念を挟んだわけでもないのに、七海さんは気色ばむ。

よしんば動物だったとしよう。とするならば、温泉の湯のなかにそんなに長時間潜っていられるだろうか。七海さんが浴室に入り、洗い場で体を洗っている間、それなりの時間が経過していた。その間、もの音ひとつたてずに湯に潜っていられるものだろうか。ましてや、七海さんが浴槽に向かった際、湯には泡ひとつたっていなかったのである。この温泉は茶色がかって濁る泉質のため、湯の中まで見えるわけではないのだが、泡ひとつ波ひとつたてずに、突如湯のなかから飛び出てくる動物などあろうはずがない。と、理路整然と七海さんは説く。

気味悪く感じた彼女は、その日は湯船につかる気になれず、そのままそそくさと帰宅したという。

帰宅後、その夜から七海さんは高熱に見舞われた。ズキズキとした頭痛とともに、腰や関節が痛んで寝ているのも苦痛だ。ひょっとして、あのおかしな生物からなんらかの病気に感染したのではないかと絶望的な気分にもなったが、日を跨ぐと自然と熱は下がり、念のために学校は休んだものの、翌日にはほぼ快復していた。

両親は仕事に、弟は学校にと出払っており、同居していた祖母だけが家にいる。七海さんは祖母に、昨夜温泉で見た奇妙な生き物のことと、この発熱の原因があの生き物との接触なのではないかという懸念について話した。

「ああ、そりゃあ、鬼やわ」

と、聞いていた祖母はとくに訝しがることもなく当然のように返答する。

鬼？

鬼ってあの、赤や青で虎皮のパンツをはいて、金棒を持った？

「アハハハ、そりゃあ、桃太郎さんのお話のなかの鬼やんか。ほんものの鬼は、そげんやないで」

と笑う祖母の「ほんものの鬼」という言い回しに釈然とせず、七海さんは口ごもる。

「大丈夫、大丈夫。とくに悪さもせんし、熱もすぐに下がるけん。婆も子どものころにはちょくちょく見ちょったけど、最近では珍しゅうなっちょるんじゃろうねえ……よっこいしょ」

そう言いながら、祖母はいつものように右膝をかばうようにして立ち上がり、そのまま台所の方へと行ってしまった。

血の池地獄の鬼（別府市）

鬼のミイラ

宇佐市大字四日市

それはもう、ウサノーニミーしかないっすよ！
あれマジで熱出ましたもん。ガチでやばいっす。

大分駅のロータリー付近にしゃがみ込む知らない若者と、ひょんなことで言葉を交わす機会があった。その流れで何か怖い話や不思議な体験はないかと聞いてみたところ、二つ返事で帰ってきたのがこのような発言だ。

よくよく聞いてみるとそれは、大分県宇佐市の大乗院というお寺にある「鬼のミイラ」、彼曰く「宇佐の鬼ミイ」のことらしかった。

大乗院の「鬼のミイラ」は界隈ではよく知られていて、テレビ番組でも取り上げられるなど一種の観光資源ともなっているのだが、その若者によれば、仲間数人でこの「鬼のミイラ」を見物に行った直後、全員が恐ろしいほどの高熱にみまわれたのだという。彼に言わせればそれは、遊び半分で観に行って、きちんと手を合わせなかったことによる祟りなのだそうだ。

「あれはもう仏様なのだから、ちゃんと拝まなきゃダメなんすよ」

などと、意外にも信心深く反省している様子だ。

大分市内から車で一時間弱、駐車場から急勾配な階段を上がると、十宝山大乗院《じっぽうざんだいじょういん》の建屋が見えてくる。ただ、参拝には順序があるらしく、扉には「本堂に入る前に、左手奥、外のお地蔵様並びにお大師様からお参りください」と記されている。たしかに、屋外に数体のお地蔵様やお大師様が安置されていて、なかには子どもを抱く女性の姿をしたものもある。地蔵様とあるからには子安地蔵かと思われるが、「鬼」から連想するにあるいは鬼子母神像だったりするのだろうか。

ひょっとすると、あの若者たちはこの手順——先に外のお地蔵様やお大師様からお参りする――を守っておらず、それが良くなかったのではあるまいか。そんなことをいろいろと思い巡らさせられるような、一種独特の雰囲気があることは確かだ。

もっとも、彼らが訪れたのは時期的にかの感染症が猛威を振るっていた頃のはずで、若者らが複数同時に発熱するようなことがあったとしても、必ずしも不自然とは言えないだろう。

「鬼のミイラ」は思いのほか大きい。とくに頭部の大きさが言い得ぬ迫力を醸している。全体に黒みがかった茶褐色で、顔には人間のそれに似た丸い眼窩がぽっかりと開いており、歯をむき出しに笑っているようにも見える口元が印象的だ。祭壇には「鬼様には人の心をきれいにするお役目があります」と注記されており、あの若者が信心深く反省している様を思い出して微笑を禁じ得ない。

寺内の掲示によれば、もともとある名家に家宝として代々伝わっていたものが手放され、さまざま人の手を経て大正十四年に大乗院の檀家が購入したという。すると、その檀家が原因不明の病に倒れた。これを鬼の祟りと考えて、昭和四、五年のころ大乗院に安置し祀ることにしたそうだ。曰く、「現在鬼のミイラは仏様として大切に祀られています。くれぐれもお参りする気持ちで見学してください。きっと皆様をお守りくださいます」とのことだ。

この「鬼のミイラ」――いや、鬼仏とでも呼ぶべきだろう――について、山口直樹の著書にこんな逸話が掲載されている。

鬼仏が大乗院に運び込まれてきた折、当時の住職はしみじみと、

「あのときの鬼が帰ってきた」

とつぶやいたという。実はこの住職、幼い頃に鬼に遭遇したことがあったのだ。近所の子どもたちと裏山で遊んでいたところ、突然、藪の中から身の毛もよだつ形相の鬼が現れた。子どもたちは驚いて逃げ出したが、住職はそのまま立ち尽くし鬼を睨んでいた。すると、鬼は何をするでもなくそのまま立ち去ったそうだ。

大分県は、鬼にまつわる伝承の宝庫でもある。十九世紀に編纂された豊後国の地誌

『豊後国志』には、地域の習俗として「淳朴《じゅんぼく》にして、鬼を信じ仏に佞《おもね》る」と記されており、この地の人々と鬼の関係の歴史の古さを感じさせる。

たとえば、人を捕らえて食べることを何よりも好み、とくに耳と手が好物だったらしく空腹になると人を探し捕らえて耳や手をもぎ取って食べたという恐ろしい大鬼の話（『大分懸郷土傳説及び民謡』）がある一方で、不動明王などの仏の化身として、人々に幸福をもたらすものと捉えられてもきた。

なかでも国東《くにさき》半島は「鬼が仏になった里」として文化庁の「日本遺産」にも登録されているほどで、域内の天念寺《てんねんじ》、ならびに岩戸寺《いわとじ》と成仏寺《じょうぶつじ》では現在も「修正鬼会《しゅじょうおにえ》」と呼ばれる祭祀が執り行われている。これは「修正会《しゅじょうえ》」と「追儺《ついな》」が融合されたものとされており、たとえば天念寺での「修正鬼会」では、災払鬼《さいばらいおに》という赤鬼と、荒鬼《あらおに》という黒鬼が人々の無病息災を加持する。一般的な「追儺」では鬼は追い払われる立場なのだろうが、ここでは福をもたらす神聖な存在とされているのだ。

写真に見る天念寺「修正鬼会」の黒鬼の面持ちは、ギョロリとした目と、歯をむき出しに少し笑っているようにも見える口元がとても印象的だった。

妻を塗り固める

大分県内某所

これはかなり有名な話でご存じの方も少なくないだろうが、一応、ミイラに因むものと言えなくはないだろう。大分県のとある裕福な家で起こったことで、ひょっとすると家政婦さんなど関係者から漏れ伝わった話なのかもしれない。

仮にA氏としておく主人公は、ずいぶんと若く美しい伴侶を迎えた。A氏は経営者一族の何代目からしく、詳しくはわからないが知り得た情報から察するに、どうやら瀬戸内での海運・流通関係を手がけているのだろう。「一代で財を成した」というようなある種の派手さはないものの、それなりに羽振りのいい御仁ではあるようだ。

端から見てもわかるくらいに彼は新妻を溺愛しており、平素から「もし君がいなくなったら、俺はもう誰とも付き合わないつもりだよ」などと言い交わしてもいた。新婚であることを差し引いても、夫婦仲はかなり良好だったといえるだろう。そんな折、妻が病気を患った。はじめはちょっとした風邪のような症状だったらしいが、みるみる重篤化し、医師も手をこまねく状況に陥った。A氏の心労は察してあまりあるもので、甲斐甲斐しくさまざまに手を尽くし、しかしそれでもいよいよという頃、病床にても変わらず美しい妻が弱々しくA氏の手を取って、

「お願い、土葬や火葬にはしないで」

と言う。

何を縁起でもないことを、そんなことにはならないよ、すぐに良くなるさ、などと咄嗟に返答することができず口ごもるA氏に、妻はふっと軽く笑みを浮かべて続ける。

「万が一の時はお願いだから、私の腹を割いて、内臓を取り出して、代わりにお米を詰めて欲しいのよ。で、体の表面を漆で十四回ほど塗り固めて……庭先にでも、小さなものでいいから持仏堂を建てて、そのなかに私を入れて。あと、鉦吾《しょうご》でも持たせてくれ

ればいいかな。そして朝と夕方には毎日私のところに来て、念仏を唱えてね」

以来、妻は穀物を断ち、松の実や松の皮などを食べるようになった。極力水分を摂らぬようにして、時折、おそらく体に障るであろう漆を飲んだりもする。そんなこともあってかみるみる衰弱していったが、A氏としてはもはや何であれ妻の意思を容れ、望むような最期を遂げさせてやりたいと願っていた。

そうして、如何ともしがたくついにその日が訪れた。

あくまで噂話程度の伝聞によれば、妻の親族の伝手《つて》でそういう方面の職能集団に渡りをつけることができたらしく、彼らは黙々と脇腹あたりから内臓を取り出し、なにやら特殊な器具を使って鼻から脳を掻き出し、遺言にあったように遺骸には米を詰め、炭酸塩鉱物で覆い、適切に乾燥させ、妻の亡骸を漆で黒々と塗り固めたのだという。A氏は屋敷内に小ぶりではあるが至極立派な堂を建て、そのなかに塗り固められた妻を安置した。


少し、推測の域を超えた想像を膨らませてみたい。

京都大原にある古知谷阿弥陀寺には、非公開ではあるものの当寺の開祖弾誓上人《たんぜいしょうにん》のミイラ佛が安置されている。資料的裏付けのある史実かどうかはわからないが、かつてこの地域にいわゆる即身仏を崇拝する信仰集団があったのではないかとの話も聞く。仮にA氏の一族が豊後から瀬戸内を経て京までを結ぶ交易で財を成したのだとして、あるいはそのような人々との間で縁を結ぶようなことがあったとしても不思議ではないのかもしれない。

閑話休題。A氏はその後二年ばかりは後妻も望まず、約束の通りに朝夕念仏していたのだが、周囲の者は再三再四再婚を勧めてくる。跡継ぎのことなども含め、A氏の一存ではどうにもならない部分もあるのだろう。やがて勧められて新たに妻を娶ったものの、その新たな妻は、日ならず離別を申し出てくる。宥めようにも訳を聞こうにも、

「ごめんなさい、ほんとにもう無理なんです。ほんとに……」

などと要領を得ず、ただただ慌ただしく出て行くばかり。それから幾度か新たに妻を

迎えたのだが、いずれも同じように理由もわからぬまま逃げ出してしまうのだった。こんなことが続くとさすがに世間体が悪い。A氏と親族らは気を揉んで方々から加持祈祷などを呼び、さらに後妻を迎えたが、そのような神仏頼みが功を奏したのか、今回は結婚後二ヶ月ばかり経てもとくに問題はなさそうだ。

ようやく胸をなでおろしたA氏が、繁華街へと遊びに出ていたある夜。そろそろ日付が変わろうかという時分、新妻が女中連と世間話でもしていると、戸外よりかすかに鉦吾の音が耳に入る。はじめは気のせいかとも思えたが、いちど気にしてしまうと音は耳を離れない。どうも次第に近づいているようでもあり、もはやどう考えても疑いようなく聞こえてくると、途端に恐ろしくなってみな身を縮め、あわてて施錠する。隣接する部屋の戸がさらりさらりと開く気配がしたかと思うと、

「開けて」

とひとこと、はっきりと女性の声が聞こえた。

新妻も女中達も恐ろしさのあまり声も出ず身じろぎもできず、ただ呆然としていると

声の女性は、

「開けないんだったらまた来ます。ただ、このことは夫には絶対に内緒にしてくださいね」

とだけ言ってどこかへ行ってしまったようだ。

翌日、新妻はこれまでの元妻らと同じように、理由も告げずA氏に別離を申し出た。昨夜の出来事が尋常なものだとはとても思えない。あれが何であるにせよ、関わり合いになるのは金輪際ご免だ。A氏がともかくも事情が知りたいと説き伏せたところ、この新妻は昨夜の出来事を事細かに説明し始めた。

子細を聞いてA氏としては内心ああ、と得心するところがないではないが、そこは眉ひとつ動かさず、すまないがうちは仕事柄他人の恨みを買ってしまうことがなくはない。さしずめ商売敵が犬神使いかくちなわ筋か、そんなような者を使って悪さを働いているのだろう。が、ならばこちらとて無策ではない。相応に対処するから安心してほしい、と彼女をなだめた。新妻は狼狽こそしていたものの、今回に関しては出て行くとまではならなかったようで、どうにかこうにかともかくも平静を取り戻しはした。

そうして胸をなでおろしたA氏が、懲りもせずふたたび繁華街へと遊びに出ていたある夜。

そろそろ日付が変わろうかという時分、新妻が女中連と世間話でもしていると、戸外よりかすかに鉦吾の音が耳に入る。みなさっと血の気が引いて顔を見合わせ、無言のままにそそくさと施錠する。やはり次第に音が近づいてきて、隣接する部屋の戸がさらりさらりと開く気配がしたかと思うと、

「開けて」


と押し殺すような女性の声が聞こえた。

恐ろしいに違いないが、ともかく開けなければ以前のように帰ってくれるだろう。そう考えてみながじっと耳をそばだてていると、

「開けて、開けて、開けて、開けて、開けて、開けて、開けて、開けて……」

女中たちはどういうわけか猛烈な眠気に襲われ、ひとりまたひとりとみな眠り落ちていく。ついに新妻ひとりとなって慄きつつ四方に視線を巡らせていると、部屋の戸がするりと独りでに開き、刹那、ちょうど小柄な人間くらいの大きさの黒いなにかが飛びかかって新妻の首を捻じ切った。バッと生暖かい鮮血が四散するのを余所に、その黒いなにかはそのまま庭先の方へと帰って行ったという。

知らせを受けたA氏が屋敷に戻った時にはまさに阿鼻叫喚、家の者はいずれも茫然としてまともに話を聞ける状態ではなかったが、女中たちの語るのを聞いてようやく状況を掌握すると、おのれ望むようにはしてやったはず。それを今さらこの始末、どうしてくれようと憤りつつ足早に持仏堂へと向かう。

そのままの勢いで堂の扉を開けると、生前と変わらぬ美しい面持ちに、どこか形容しがたい艶めかしさをも醸す黒いなにかの前に、これ見よがしに新妻の首が鎮座している。

「お、おまえっ！」

怒りと畏れに苛まれたＡ氏が仏壇から引き倒すべく黒いなにかに手をかけると、その黒いなにかはかっと目を見開いてＡ氏の喉頸に食い付いた。

「うっ」

声にもならない息を漏らして崩れ落ち、しばらくばたばたひゅうひゅうと藻掻いてはいたものの、ほどなくＡ氏は絶命してしまった。

これは江戸時代、延宝年間に京都の菊屋七郎兵衛《きくやしちろべえ》を版元として刊行された著者不詳の怪談本『諸国百物語』に収録された豊後国、つまり現在の大分県の怪談話である。これもまたあくまで噂話程度の伝聞によれば、かのＡ氏の死に顔はむしろ、満足げに微笑んでいるようにも見えたという。

コイチロウサマ

国東半島某所

進学を機に大分県に転居し、卒業後はそのまま県内のカーディーラーに就職して、今もその営業の職に就いている前田氏から聞いた話。

学生時代、バイト先で知り合ったとある女性と交際し始めた前田氏は、その彼女とドライブに出かけることにした。国東半島の観光名所などを軽く巡るつもりで、熊野磨崖《くまのまがい》仏《ぶつ》や真木大堂《まきおおどう》などよく知られた観光地を訪ねてみたのだが、実は彼女は中学生の頃まで国東エリアで暮らしていたらしく、おそらく学校の地域教育などで学んだのだろう、行く先々の史跡などに思いのほか詳しかった。ところどころあやふやではある彼女の解説もあって、前田氏としては興味深くドライブを堪能した。その帰路。

具体的な場所は伏せて欲しいとのことなのであえてぼかすが、とある場所で少し休憩をとることにした。彼女がお手洗いに行っている間、何の気なしにあたりを散策すると、奥の藪の方にちょっとした小径が続いている。少し進んでみるもとくに何があるわけでもなく、径の先を見遣ると、ややこんもりとした土盛りのところに岩の先端がのぞいている。地中にある大きな岩の先が、二〇センチほど地面から顔を出しているといったところか。

さほど珍しいものとも思えなかったが、岩の周りの土草が妙に整っているようにも感じられた。岩自体は天然のものなのだろうが、多少なりとも手入れがなされているような雰囲気だ。なんとなく歩み寄り、よく見てみようとやや屈むような格好になったところで、

とんとんっ

と強く肩を叩かれ、

「はいっ?」

ビクっと驚いて振り返る。

ずいぶんと強く叩かれたので、誰かが何かしらの注意を促すべく呼び止めたのだろう。

立入禁止の場所だったのだろうか。などと思ったが、驚くまいことか、振り返ってみると後ろには誰もいない。

あれ？　と訝しんでいると、

「ちょっと！　何しよんの⁉」

十メートルほど離れた駐車場のあたりから、彼女が大声でこちらを呼んでいる。

「そんなとこ……いけんに決まっちょるやろ！」

なにやら尋常ではない剣幕だ。

気圧されてあわてて戻るも、彼女はいかにもこちらの行動の不躾さに驚いた、という様相で小言を続けている。が、前田氏にしてみれば、何がどういけないのか皆目見当がつかない。とくに何もない場所を、ちょっと散策していただけなのだから。

率直に何がいけなかったのかを尋ねてみたところ、彼女はむしろ「信じられない」と面食らった様子で言葉を飲む。言うまでもなくダメでしょうということなのか、これといった説明をしてはくれなかった。

結局その日は何が問題だったのかわからずじまいで、それにもまして不可解なのが、あの時、自分の肩を叩いたのが誰だったのかということだった。どう考えても人間の手で、力の強さからしておそらく男性が無遠慮に叩いたという感触だったが、彼女はおろか、あの時前田氏に手の届くような範囲には、たしかに誰もいなかったのだ。

しばらく心の内に引っかかってはいたものの、前田氏はこのことをとくに掘り下げもせずにいた。ところがある時、地誌にかかわる書籍に目を通していたところ、ひょんなことから、おそらくあの件はこれに関わることだったのだろう、と得心に至る記事に出会った。「コイチロウサマ」である。

コイチロウ信仰とは、国東半島を中心に大分県中・北部にみられる地域的な民間信仰で、多くの場合、石祠や小ぶりな石殿、大木の根や藪の中にある自然石などが信仰対象とされる。ローカルな信仰のためか本質的にどのようなものなのか判然としないところも多く、小一郎や小市郎、あるいは今日霊や濃血霊などと表記されることもあるようだ。先祖神や屋敷神、忘却過程にあるなんらかの神などと解釈され、いずれにせよ一様に「祟る神」とされるものでもある。基本的には招福・現世利益の神だそうだが、祭祀をおこたったり神域を犯したりすると激しく祟るというのだ。

小玉洋美《こだまようみ》の『大分縣の民俗宗教』（一九九四年）によれば、その元来の祭神は新田義《にったよし》氏《うじ》なる人物と考えられ、幼名が小市郎であったことに由来するという。同書によると十五世紀、義氏の子義高《よしたか》が馬ヶ岳《うまがたけ》城《じょう》落城の憂き目に遭った際、義高の子が大内氏を頼り大分県中津の重松氏を継ぐことになった。そこで祖父にあたる義氏を祀ったのが起源と考えられるとされている。同じ一族の新田義興《よしおき》が御霊神とされるため、あるいはそこから「祟り神」としてのイメージが付与されたのかもしれない。

他に、地元の伝承として次のような話がみられる。

昔、大分県速見郡のある者が、下男である小一郎に命じて大金を地中に埋めて隠した。埋めてしまうと今度は小一郎がこのことを他言するのではないかと不安になり、あろうことか、小一郎を殺害してしまう。すると、その者の家族が奇病におかされた。困り果てて祈祷師などに占わせてみたところ、小一郎の祟りだと告げられる。

以来この家の者は、小一郎の霊を慰めるべくお社に祀って今日に至る。


おそらく彼女はコイチロウサマのことを知っていて、あるいは当たり前のものとして育ってきたために、不用意に近づくと祟られてしまうと考えたのだろう。彼女からすれば、ズケズケとコイチロウサマに向かって進んでいく前田氏の行動は、あまりに非常識なものだったにちがいない。今思えば、血相を変えて前田氏を止めようとするのもわからなくはない。

ただ、前田氏にとって解せないのはその直前、はっきりと力強く肩を叩かれた、あれは何だったのかという点である。

「で、その彼女さんという方が……今の？」

ひょっとすると、その彼女からコイチロウサマについてもっと有力な情報を得られるかも知れず、取材をとりなしてもらえないだろうかとの下心も含んで前田氏に水を向けてみたものの、

「いえいえ、それが今の妻である的な話ではなく、その方とはのちに普通にお別れしまして、妻は別の人ですよ」

と、残念ながら軽く一笑に付されてしまった。

熊野磨崖仏（豊後高田市）

兄を殴り、蹴る

大分県内某所

この話に関してはあえて場所を伏せたい。人物についても、AさんとBさんと仮称する若いふたりの女性とだけしておく。さらに言えば、正直なところこれを怪談と呼んでいいものなのかどうかもわからない。調べていけばいろいろとわかってくるところもあるのだろうが、あえてこれ以上立ち入ろうとも思えない。そんな、一種の「奇妙な話」だと思ってもらえればよい。

AさんとBさんは同じ集落の出身で、現在に至ってなお親しい幼なじみだ。Aさんの家はもともといわゆる「憑きもの筋」にあたる家系らしく、その点はともするとセンシティブな話題とも思われるのだが、本人はまるで気にする様子もなく、

「そうなんですよ、そういう家系らしいんですよ」

などとあっけらかんと話してくれる。古くは地域の土着的な信仰の巫覡《きね》というのか何というのか、世話役的な位置づけの家でもあったらしいが、今やとくにこれといったところのない、ただの田舎の旧家にすぎないという。

「で、わたしも憑かれ体質で……」

そう語るAさんは、幼い頃から時折「何かに憑かれた」状態に陥ることがあった。とくに中学生のころにはその頻度が高く、数ヶ月に一度くらいのペースで突如そんな状態がやってきた。年齢とともにその頻度は減ってきて、最近ではもうほとんどなかったのだが、つい先月、久しぶりにその状態に遭遇して自分でも驚いたという。

たいていの場合、それは自宅にいるときにやってくる。何の拍子にか前兆もなくふっと憑かれると、Aさんはいつも三歳年上の兄に襲いかかり、とにかく殴る蹴る、引っ掻く噛みつくなど、あらんかぎりの暴行を加えるのだそうだ。無論、兄も抵抗するのだが、一種のトランス状態にあるためか、ほとんどいつもAさんが組み伏せるかたちで兄がうずくまり、カーペットに兄の血が付くようなこともあった。

いつも途中で家族が割って入り、あわてて兄を別室に連れ出して介抱するうち、やがてAさんが落ち着きを取り戻してこの状況が終わる。兄としてはさぞかしたまったものではないだろう。

この最中、Aさんにははっきりと意識があるわけではなく、記憶も朧気なのだが、そんな状態から次第に落ち着いてくると眼前に兄が倒れ、あるいはうずくまり、痛みに耐えてうめいているため、ああ、またやってしまった、お兄ちゃんいつもごめんね……と自己嫌悪にさいなまれる。

このままではいつか兄に大怪我を負わせてしまうのではないか。あるいは逆に、耐えかねて激高した兄に逆襲され、ひどい目にあわされてしまうのではないか。常々そんな懸念を抱え続けてきた。

と、ここまでAさんが語ったところで、彼女の隣に座って聞いていたBさんが、

「でもね、Aさんの家、お兄さんいないんですよ」

と割って入る。

一瞬、理解が追いつかず言葉を返すことができない。

Bさんは悪戯っぽく笑みを浮かべ、Aさんもとくに戸惑うでも否定するでもなく、先ほどと変わらぬ、ややあどけなさを残した屈託ない微笑をたたえてこちらを見ている。

「だから、Aさんひとりっ子なんで、お兄さんなんていないんですよ」

こちらの反応を楽しんでいるかのように、ふたりはふふふとわずかに笑声を漏らした。

「そうなんですよ、うち、兄なんていないんです」

種明かしをするかのように、Aさんは話を続ける。

聞けば、Bさんが言うように、Aさんはひとりっ子で、そもそも普段は兄などいないのだそうだ。ところが「何かに憑かれた」状態の時には必ず兄――それは昔から、なぜかひとめ見てすぐに「兄だ」と直感的にわかる相手だったという――が出てきて、Aさんはいつもその三歳年上の兄に襲いかかり、とにかく殴る蹴る、引っ掻く噛みつくなど、あらんかぎりの暴行を加えるのだそうだ。

そして、いつも途中で家族が割って入り、あわてて兄を別室に連れ出して介抱するうち、やがて次第にAさんが落ち着きを取り戻してその状況が終わるのだという。白く華奢な彼女の右腕には、先月起こったその際に、抵抗する兄に強く掴まれた痕だという青痣が薄く残っていた。

Bさんは子どもの頃に、学校や外出先でAさんがトランス状態に陥る様を何度か目撃したことがあった。が、それがAさん宅でのことではなかったためか、Aさんの兄だという人物には会ったことがない。それでも、そういう状態の時には兄が出てきて、Aさんがいつもその兄を叩きのめし、それを家族が止めるという一連の流れがあることを、いつの頃からか知っていて、そういうものだと納得していたという。

ひょっとすると、さらに調べていけばいろいろとわかってくるのかも知れない。

が、なんとなく、この話はこれ以上掘り下げるべきではないような気がする。
そんな、「奇妙な話」である。

蘇生

大分県内某所

親の転勤が多く転居を繰り返したために、子どもの頃には友達ができず、ずいぶん寂しい思いをしたと述懐するA氏だが、小学五年生の頃に大分県のとある地方に移った折、ほとんど唯一ともいえる親しい友人ができた。

同じクラスのBちゃんという女の子だったが、どうもその子も普段から周囲に馴染めていない様子で、のけ者にされたりいじめられたりということではないのだが、何か一線を引かれているような、そんな存在だった。見方によっては、教員もふくめてみなが腫れ物にでも触るように接しているかにも感じられた。

そんなある種の疎外感から、互いにシンパシーを感じていたのかも知れない。

放課後ともなるとふたりで連れだって、近くの沢や地域の小さなお社の裏山、少し分け入った山中にある洞窟――といっても、洞穴に毛の生えた程度のものだったが――などに出かけ、何ということもない他愛のない遊びに日が暮れるまで没頭していた。

ある時、A氏が子猫を拾ってきた。どのような経緯でそうなったのかは覚えていない。野良猫の子だったのか捨て猫だったのか。子猫はA氏によくなついたが、彼の家ではペットは禁止のため飼うことができない。Bちゃんに相談してみたものの、どうも彼女の家にはすでにイヌがいるため、猫は飼えないのだという。

子猫をなでながらふたりならんで困っていると、ふとBちゃんがA氏の耳元に顔を寄せ、小さいながらもはっきりとしたひそひそ声で、

「みんなに内緒で、ふたりで飼おうよ」

と言う。

もしも大人に見つかれば、子猫は取り上げられるだろう。でも誰にも言わずにふたりで秘密裏に飼うことなら、あるいはできるのかも知れない。

町外れの小さなお社の裏山は、普段ほとんど人が来ることもない。そこにある木の幹

に子猫を繋ぎ、学校帰りにふたりで餌をあげに行く毎日が始まった。今にして思えば子猫を木に繋ぐなどと、とんでもないことをしたと思うのだが、そこは子どもの浅知恵か。当時としては疑問に感じることもなく、むしろBちゃんと秘密を共有し、ふたりで甲斐甲斐しく世話をするのが楽しくて仕方なかったという。

しかし、そんな幸福な日々は突如、いとも簡単に崩れ去った。

ある日の放課後、いつものようにふたりで裏山に行ってみると、あろうことか子猫は無惨な姿で息絶えていた。状況から推察するに、野生の動物にでも襲われたようだ。

A氏は取り乱し、Bちゃんの手前もはばからず大声をあげて泣き崩れた。思い起こすに、親しい存在の死に直面したのはこの時が初めてだった。目の前の出来事を容易に現実として受け止めることができないのと同時に、これはもう取り返しのつくものではないのだという厳然たる事実に打ちのめされ、どう対処してよいのかわからなかったのだ。

A氏の様子をだまって見ていたBちゃんも戸惑いを隠せない様子だったが、ほどなく、ふっと意を決したように子猫の死骸に視線を落とし、静かに、ただし決然と、

「何とかするから、ここで待ってて」

と言い放って自宅へとって返した。

それからBちゃんが戻るまでの間は、A氏の人生で最も長く感じられた時間だったという。腹を裂かれて硬くなり、ハエがたかる子猫はもはやひとつの不潔な物体だった。この物体と、昨日までのあの愛くるしい生きものが同一のものだとはとても思えない。町外れのひとけのない藪のなか、たったひとりで臭く醜く愛おしいそれと対峙し続ける。A氏にとっては、ただただ恐ろしいだけの時間だったという。

しばらくして息を切らしながら戻ったBちゃんはそのままポケットからなにやら包み紙のようなものを取り出しつつ躊躇なくその物体をかかえ上げ、抱きしめる。顔を寄せるようにして、低くぶつぶつと何かをつぶやきはじめた。

十五分ほどそうしていただろうか。

Bちゃんはハッと立ち上がり、屈託のない笑顔でA氏を振り返る。その時、それまでに増して悪臭が強くなったかと思うと、死骸がわずかにビクッ、ビクッと動きだした。

いや、冷静に思い返してみれば、もちろんそれは見間違いや勘違いだったに違いない。が、当時、その場では確かにそう見えたという。

「ええっ?」

死骸は、Bちゃんに抱きかかえられたままビクビクと痙攣している。

混乱しつつおずおずと視線を上げると、Bちゃんは慈愛に満ちた微笑を子猫に向けている。昨日までと同じように。

A氏は、このBちゃんの微笑に戦慄して思わずその場を逃げ出した。後から引き留める声が聞こえたようにも思うが、とにかくその場から離れるべく、振り向きもせず全力で走り続けた。それが何故なのか、何故あのとき立ち止まらず逃げねばならなかったのかは、今もってわからない。

翌日、Bちゃんは学校に来なかった。

その次の日からは登校してきたが、恐ろしくなったA氏は声をかけるどころか、目を合わせることもできなくなってしまった。彼女の方でもまるでそれを心得ていたかのように、以来、A氏に話しかけてくることはしなかった。その後、ほどなくしてA氏は再び転居することになり、Bちゃんとはそれきりである。

犬神

大分県内某所

飢えた犬を首から上のみ出したかたちで地中に埋め、その眼前に餌を置いて飢餓感を高潮させたところで首をはねる。よく知られた犬神の作り方だ。他にも、犬を生き埋めにして呪《じゅ》を誦《しょう》し、犬の念が恨みをもって呪者に憑いたところでこれを詫びて祀る。または、複数の猛々しい犬を互いに噛み殺させ、生き残った最後の一匹に魚を食べさせてその首をはね、残った魚を呪者が食べるなど、いずれの方法も現代の動物愛護の観点からすればとんでもない話ではある。

犬神信仰といえば四国が本場とされるが、実は大分県にもかつては甚だしく分布していたようで、全国的に見ても最も事例の多い地域のひとつであったという。伝承はさまざまあって一概に要説することはできないが、大分県では「インガミ」と呼ぶことが多く、犬神使いとされるいわば呪術師や祈祷師のような立場の人が使役するものとされる。

大きさは猫と鼠の間くらいで、犬とはいうものの姿形はイタチにちかく、あるいはモグラのようだともいい、黒白の斑点様であるとされることが多い。ただしその姿は犬神を使う者や憑かれている者にしか見えないのだという。元来、ひと気の少ない藪の中にいるものとされ、犬神使いが藪から拾ってきたとか、誰かに憑いたものを落とす際に藪に捨てたという話が散見される。

犬神使いに憎まれたり妬まれたりすると犬神を憑けられる。憑かれてしまうと胸や手足に痛みを感じたり、ひどい場合には犬のように這ったり吠えたりと、一種のトランス状態に陥ることもあるそうだ。犬神使いとされる人に感情を表したり、あるいは犬神について語ったりすると憑いてしまうとする場合もある。

十八世紀に著された伊勢貞丈《いせさだたけ》の『安斎随筆《あんさいずいひつ》』に「邪術」であると評されているように、犬神は基本的に人々に畏れられ忌まれたものであり、歴史的に、犬神筋とされる家が婚姻等さまざまな面で差別を受けてきたことも事実だ。犬神筋だとされる家の者は、集落で腫れ物にでも触るように接されてきたとされる。ただ、犬神の恩恵なのか、そのような家の者は経済的に恵まれることが多く、そうではなくとも少なくとも食うに困ることはなかったとされることが多い。

無論、これらはいずれもかつての因習のことであり、現在においてそのような差別的慣習があるわけではないと信じたいし、何よりあってはならない。なにぶんデリケートな問題を含む部分ではあろうし、筆者のような所謂よそ者がズケズケと立ち入るべきではないところもあろう。そのため、筆者が耳にした具体的な話をここで語ることは控えるが、石塚尊俊《いしづかたかとし》の著書などに興味深い事例が挙げられている。

大分県中部のとある田舎町に、犬神を使う巫女がいた。この者は犬神を作るに際して、先述したように犬を埋めて飢えさせたうえで首をはねるのみならず、その首を腐敗させ、湧いた蛆を集めて乾燥させた。そしてそれを「犬神だ」として売りさばいたという。石塚によればこのことは、当時の「大分大学の学生のレポートの中に記されていたことだそうだから、事実に近い話かも知れない」(石塚　一九五九年)とのことだ。無論、現在ではそのようなことはないだろうが、乾燥させた蛆は「黒焼きにして粉にして呪う相手の食べ物のなかに混ぜたりすることもあったらしい」(豊嶋　二〇〇二年)ともされている。

さて、下記の話は怪談と言うよりも、地域の民話とするべきだろうか。

大分県杵築《きつき》市の若宮八幡宮《わかみやはちまんぐう》でかつて催されていた牛馬市は、その起源を十二世紀にまで遡ることができる由緒あるもので、日本三大牛馬市に数えられるほどに盛んだったという。

昔、国東半島の北端、大分県国見町《くにみまち》の某が、幾人かの若者を連れてこの牛馬市に行くことにした。直線距離にして四〇キロ程だろうか、当時としてはそれなりの遠出という感覚だっただろう。

途中、安岐町《あきまち》あたりでのこと。朝早い時間だというのに地元の人が餅をつく音がする。一行はつきたての温かい餅を食べたいと思ったが、ここで某が一計を案じ、若者たちをその場に待たせて餅をついている家を訪ねていく。

「早朝から精が出ますな、ご苦労様です。実はたいへん申し上げにくいんですが……あそこに待たせているあの若者……」

某は家の者にこう語りかけ、戸外の若者へとその視線を誘導する。頃合いをみはからって声を落とし、

「……実は、犬神に憑かれておりまして」

一瞬、ぎょっとするようなそぶりをみせつつも、家の者たちはすぐに無表情に平静を装った。まさに固唾を飲むように、某の次の句に刮目する。

「で、どうもその餅を欲しがっているようで……」

と聞くが早いか、家の者たちはそそくさと角蒸籠一段ぶんもの餅を支度して、黙って某に差し出した。犬神に祟られると食べ物が腐りはてる。いや、事によってはそんなものでは済まないかもしれない。わずかな餅を渋ってひどい目に遭ったのではかなわない。そう考えたのだろう。

某は軽く礼を言うと十分すぎる量の餅を抱えて若者らのところに戻る。一行はつきた

ての餅を手に、道中、笑い話のうちに杵築まで行楽したという。要するに、犬神憑きを装って餅を詐取した詐欺話である。

この話には他にもさまざま類話があるようだが、いずれにせよ、このような民話が成立するほどに、かつては犬神とそれにまつわる逸話が広く信じられていたのだろう。

チキチキチ

津《つ》久《く》見《み》市近郊

老齢の女性が上品に微笑みながら、

「こんな話でいいのかアレですけどね、実は最近、私もなんとなく、聞こえるようになってきた気がするもので、それでね」

と前置きしつつ語ってくれたのは、彼女が以前、津久見市のあたりで暮らしていたころの話だという。仮にAさんとするこの女性の夫は釣りを趣味としていたが、ある時から幻聴に悩まされるようになった。普段はどうということはないのだが、海辺にいると耳のすぐ近くでかすかに、

「チキチキ、チキチキ、チキチキチ」

という音が聞こえるのだという。例えるならば秋口の虫の声だというので「それなら、ムシの声なのではないですか？」と応じると、「いや、虫やねぇ！」と言下に否定する。虫がいるような藪や草地ではなく、波止場などで季節も問わず聞こえるのだという。

普段はどうということはないのだが、とにかく釣りの際にとても困る。日に日にその音ははっきりと聞こえるようになり、しばらくすると、その時の体調などにもよるようだが、海の近くでは五月蠅くてかなわん、というような音量になることすらあったという。さすがにこれはまずいと病院にも行ったのだが、あれこれと検査させられたわりにはこれといった異常は見つからず、原因も対処法もわからない。本人もほとほと困っていたある日、

「あれ、なんやったけなあ」

と、何かを思い出せないでいるようなそぶりをみせた。

聞けば昔、祖父から聞いた話だという。それによれば、海で仕事をしていると、どこからともなく「チキチキ……」という音が聞こえてくることがあるのだそうだ。とくに吉凶があるようなものではなく、どうやら若い頃にはたしかに聞こえるのだが、年配になると聞こえなくなるようだ。それが聞こえなくなることが、いわば老齢を告げるある種のサインなのだという。夫の祖父はそれを「なんとかさま」の声だと言っていたそうなのだが、その「なんとか」が具体的に何だったのかが夫には思い出せないというのだ。

老いることで聞こえにくくなる音は、たしかにある。人間の可聴音域は二〇ヘルツから二万ヘルツ程度、そのうち高い帯域は、誰しも年齢とともに聞こえにくくなってくる。個人差はあろうが、普段から大きな音に接している場合はよりその傾向が顕著になるとされる。一時期話題になった「モスキート音」とやらは、この現象を利用したものだ。海で働く人々が、経験則からそのような現象を把握していたとしても不思議ではないだろう。

夫はどうやら、自身の幻聴をその「なんとかさま」のせいなのではないかと思い始めているようだった。ただ、夫の年齢はもう六十代なかばを過ぎている。夫が聞いている音が「なんとかさま」の声だとすれば、かつて聞こえていたが最近は聞こえなくなった、となるはずであり、聞こえるようになってきたというのはおかしいのではないですか、と指摘してみても、

「やかましか！　こっちの心んうちも知らんで……」

と、にべもない。

こんなことを言い始めてから、夫はこの問題を医療ではなくお祓いや霊能的な方法で解決しようとするようになっていった。神社にお祓いに行ってみたり、どこかの寺の僧の話を聞きに行ったり、高名な霊能者の先生に相談するのだと国東の方まで出かけて行ったりと、次第にのめり込んでいる様子だ。

その影響か、これまでまるで信心のない人物だったにもかかわらず、いついつにどこにある何やらの石碑に触れてしもたのがいけんかった、とか、どこの神社の何やらの摂社にうっかり手を合わせてしもたもんで祟られた、などと言い出して、急にそういう方

面に神経質になっていったという。

そうこうしているうちに、海の近くのみならず他の場所でも、あまつさえ家の中でもチキチキが聞こえるようになってきたようで、時折、急に押し黙ってうつろな目で一点を見つめていることがある。多少なりとも心労が緩和されればと、テレビの音を大きくしてみてはどうですか、とか、耳栓を使ってみてはどうですか、などと提案してみても、それすら気に障るようで当たり散らされ、あげく、

「さては、おまえが邪気ば寄せちょるんやなかろうかっ！」

などと怒鳴られる。

もはや、どうすることもできないようだ。

憔悴していく夫はあるとき倒れてしまい、救急車で病院に担がれたものの、あっけなく亡くなってしまった。運ばれていく際の夫は、頭を抱えようとしていたのか耳を塞ごうとしていたのか、両手で側頭部をかきむしるような姿勢だったという。

こんなことがあってからもう随分と月日が経った今、Aさんにも時々、ほんのわずかに、小さくではあるが、「ムシの声」が聞こえるようになってきた気がするのだそうだ。普段は気にならないが、何気ない瞬間、ひとり静かにしているときなど、ふと聞こえるように思うのだと語るAさんは、あくまで上品に、穏やかに微笑をたたえている。

だれやねん

大分市大野川流域某所

大阪で電子部品関連の会社に勤務する山田さんは、出張で頻繁に大分市に来るという。海浜部にある大手電子部品メーカーの工場が目的だそうだ。大阪から大分までの旅程はやや不便で面倒ではあるのだが、山田さんは嫌がるでもなく進んで出張の仕事を受けていた。歴史好きの彼は、出張のついでに少々足をのばして史跡を巡ることを楽しみとしていたからだ。部署としても面倒がらずに出張を受ける彼を重宝しているようで、多少ゆとりのあるスケジュールを組んでも黙認してくれているようだった。

大分市南部を流れる大野川から程ないところに、とある部将の墓所がある。このあたりは戦国期の合戦場跡なのだそうで、その合戦で戦死した部将の墓と鎧塚なのだそうだが、今回はそこに赴くことにした。

市街地からレンタカーで四十分ほど。案内板に従って細い脇道に入ると、駐車できそうな場所があった。車を降りて奥へ向かう。平日の昼日中、他には誰ひとりおらず静かなものだ。史跡はこぶりな公園のような様相だが、手入れが行き届いているとは言えず、下草は伸びきり、秋口のためかあたり一面に枯葉が散乱している。それをバリバリと音をたてながら踏み進んだ。

「うわあ……」


足を踏み入れて目を引いたのは、部将の墓碑や鎧塚ではなく、むしろその右手奥側、こちらに背を向けるかたちで安置されている仏像だった。どうやら観音像らしい。

山田さんは平素から幽霊やら心霊やらの類いをまるで信じていない。むしろ俗にいう「霊感」なるものを語りたがる人を冷笑してさえいた。

「でもね、たまにあるでしょ。なんとなく、ここはイヤやなあってところが」

こう語る山田さんによれば、観音像の付近からは明らかにその「イヤな感じ」が漂っていたという。普段なら、そういう場所にはできるだけ近寄らないようにする。お化けがどうこうとは思わないが、何であれ触らぬ神に祟りなしだ。だがこの時は、せっかく遠方まで来たのだからという意識が勝り、むしろ見物してみようじゃないかという気になった。

お目当てだった墓碑を離れ、落葉を踏み鳴らしながらおもむろに観音像に向かう。石像なのか塑像《そぞう》なのか。二メートルはあろう背の高い観音像のお顔には彩色が施されており、そのやや寂れた艶やかさが奇異にも感じられた。けして荒れた感はなく、花などが手向けられた様子もみてとれ、おそらく参拝者はいるのだろう。

「じゃ、大丈夫か」

参拝者がいるのならそう怖がることもないのだろう、となんの根拠もなく考えた山田さんは、振り返るかたちで観音像の前に広がる地蔵群へと視線を移した。像の眼前の二十坪ほどのスペースに、優に百柱は超えよう小ぶりな地蔵がところ狭しと並んでいる。高さ三、四十センチほどの地蔵はどれもそれなりの年月を重ねたもののようで、なかなかの佇まいだ。山田さんは歩み寄り、しゃがみ込んで地蔵たちを見る。歴史好きの彼にすれば、もし年号などが刻まれていればそこにロマンを感じられてよい。

ふっと、悪臭が鼻をつく。

動物の糞などではない、海産物が腐敗したような不快な臭い。

いったん感じてしまうと、異臭はどんどん増しているように思われた。臭いの元を探ろうと後ろを振り向くと、

「おわっ」

驚いて思わず声をあげる。

山田さんのすぐ後ろ、ほんの一メートルほどのところに、ひとりの男がこちらを向いてじっと立っている。紺色のスラックスに白のカッターシャツ。胸元はやや開けていて、頭の側部外縁にのみ毛髪が残る中年の男性だ。

「なんやねんな！　誰っ？　えっ？　何っ？」

何の気配も感じておらず、急なことに取り乱した山田さんは、思わずやや高圧的に声をかけた。返答はない。男は黙ったまま表情も変えずにそこに立ち尽くしている。

一体誰なんだ。ここの管理人か何かか、あるいは観光客か。しかし、足音も何もなくこの距離まで近づけるものだろうか。こんなに枯れた落ち葉が散乱しているのに。いやそれにしてもなぜ自分の後ろにピタリと張り付くように立っているのか。車が来たような音もなかった。歩いてきたのか。近所の住民か。なぜ無言なのか――

誰やねん、こいつ⁉

しゃがんだ状態の山田さんからは、男の肩越しに観音像の顔が見える。ちょうど、男の右肩に観音像の首から上が載るようなかたちで。

中年男はいくら言葉をかけてもまるで反応しない。眉をやや中央に寄せ口を軽く閉じ、困ったような表情のまま微動だにしない中年男の顔と、艶やかに彩色され、ほのかに微笑む観音像の顔とが奇妙な対比をみせる。

これ以上相手を刺激するのもどうかと考えた山田さんは、ゆっくりと立ち上がり、男から視線を外さずあとずさるように右側にまわりこんで、ある程度距離をとったところで早足に切り替え車に向かった。運転席のドアを閉め、エンジンをかけると車載テレビの音声が脳天気に流れ出す。いくらか落ち着きをとり戻した。


「くさっ！」


あの異臭の残り香が、車内にまでたちこめる。

言ってしまえば、何やらひどく臭い中年男性がそこにいた、というだけのことではあり、わざわざお話しするほどのものではないのかもしれないが、としきりに恐縮したうえで、

「あの臭いがね、鼻にこびりついて。いつもなんか、あの臭いが私にまとわりついとるような気がしまして、臭ないかな、臭ないかな……て、気になってしゃあないんですわ」

と続ける山田さん。彼はこの時以来、自分や自分の周囲の匂いが気になって仕方がないのだという。あの嫌な臭気が、いまだに自分にこびりついているのではないかと不安になるのだと。こうして話を聞かせてくれている間にも、制汗シートらしきもので頬やら首筋やらをしきりと拭っている。

あの日の大分からの帰路、特急や新幹線の車内では、自分からあの悪臭がたちこめてはいないかと周囲の目が気になって縮こまっていたそうだ。

「まあ見ての通り、もうおっさんですから、加齢臭はしゃあないんですけど、でもなんぼなんでも、あの臭いがこびりついてたらイヤやなあ、と思てね。いや、そんなことあるはずないいんですけど、今でも、なんとなくね……」

大野川流域某所の地蔵群（大分市）

こんなところに

由《ゆ》布《ふ》市・竹《たけ》田《だ》市 黒《くろ》岳《だけ》原生林

登山を趣味とする野口さんから聞いた話。

大分県には、くじゅう連山や由布岳などをはじめ、登山を楽しむに適した山々がある。由布市と竹田市にまたがる黒岳も、その周辺の原生林をふくめて人気の登山観光地のひとつだろう。黒岳近辺の原生林は奥深く、かつては猟師でさえ迷ったともされ、巨大猿や鬼馬の伝承が遺る場でもあるのだが、駐車場の完備された男池登山口から奥芹の風穴あたりまでであれば、それほど負担なく日帰りでも十分に山歩きを楽しむことができるだろう。

野口さんは、そんな黒岳原生林を進んでいく。太古の火山活動でできたゴツゴツとした岩場を木々や苔が覆い、それこそ宮崎アニメで描かれるような光景が続いている。今日は他に登山客がほとんどおらず、ひと気もない。

森の中で、独り。

野口さんは山歩きの醍醐味を存分に味わっていた。

覆い茂った木々のためか山道は薄暗く湿っぽい。ふと、嶺側の藪の中から人の声がしたような気がした。誰かいるのだろうか。もちろん、他に登山客がいたとしてもなんら不思議ではないのだが、不可解なのは声の方向だ。左側の嶺の藪は人が入れるようなところではない。

が、かすかな声がわずかな間ふと聞こえただけのことだったので、気のせいかとも思いそのまま進んでいく。


しばらくすると、自分の足音に混じって、先の方からわずかに話し声が聞こえるような気がした。どうやら先客がいるようだ。音量こそ小さく、はっきりとは聞き取れないものの、今度は断続的に、あたかも会話が続いているかのように聞こえてくる。

が、いくら進んでも声の主が現れない。行けども行けども、他の登山客に出くわすことがないのだ。

おかしいな。

一度意識してしまうと、そこからはほとんど常にぼそぼそと断続的な話し声が聞こえるような状態になった。音量はかすかで、確信をもって誰かの声だと言えるほどではない。しかしたしかに、小声で会話するような様相であちらこちらと周囲から声が湧いて出てくる。

さすがに気味が悪いと感じ始めると、自然と歩くペースが上がってきた。無意識にこの場をはやく抜けようとしているのだろう。早足で進みつつ、やや前方を見てみると――

ああ、人がいたのか。

登山道からやや外れた奥手の腰の高さほどの岩に女性が腰掛け、その向こう側に並んで座っているらしい男性と会話しているのが見えた。聞こえてくる声の音源と思われるものを確認できたことに安堵する。

登山道を外れるのは生態系保護の観点からも、安全性確保の観点からもけして良いことではない。声の原因がわかると今度はそんなことが気になって、ついつい人物の方に視線を向けてしまう。

えぇぇ……

ある程度近づいたところで、野口さんは眉をひそめた。

前方左奥の岩に座って穏やかに、しかし楽しげに話す女性。さらに奥にいる男性とカップルなのだろう。それにはなんの問題もない。女性の登山愛好家も多いし、カップルのデートとしての登山もけして珍しいものではない。

が、驚くべきは、その女性の服装である。

白っぽいワンピースでフリルがふんだんにあしらわれ、ピンク色の細かな花柄が描かれる、いかにも「よそ行き」と思われる綺麗な服装。野口さんのイメージでは二十代前半くらいの、良いところのお嬢さんの格好なのだという。街中でそういう人に出会っても驚きはしないが、問題は場所である。

あの格好で、どうやってこんなところまで登って来たんだろう？　両手にストックを携えた野口さんの膝から下は、すでに泥だらけだ。もちろん車で来られるような場所ではない。一体、どうやって？

若い女性をあまりまじまじと見続けるわけにもいかないが、カップルは野口さんの進路上にいるため、その前を通らざるをえない。野口さんはチラチラと女性の異様な服装を確認しながら進んでいく。隣の男性と語らう女性の足下は、登山靴はおろか、そもそも靴ですらなく、ミュールというのかサンダルというのか、素足をほとんど露出した状態のもので、きらきらと薄金色に光っている。岩と苔と泥の世界にあって、その薄金色のヒモ状の履き物はグロテスクですらあった。

四、五メートルほどに距離が詰まったところで、野口さんの方から、

「こんにちは」

と声をかけた。かるく会釈したのちに視線を再び女性の方に向かわせる。

「わっ！」

驚きのあまり野口さんは二、三歩たじろぎ、危うく転倒してしまうところだった。

「ふ、ふくぅ？」

そこにあったのは、女性の衣服だった。

会釈のために視線を外したわずかな時間のうちに、女性の存在がはたと消え、岩の上には座っているようなかたちで女性の衣服のみがひらひらと揺れている。岩の真下、足があったはずの場所には、泥ひとつ付着していない薄金色のサンダルが乱雑に倒れている。他に遺留物はない。

おかしい。たしかに先刻まで人がいたはずなのに。なんで……

登山歴の長い野口さんだ。山でのさまざまな怪異の噂はもちろん耳にしている。とくに若い女性の怪異は危険だとか、それに出会った際の対処として、昔は男性器を露出するとよいとされていたとか、平時には「そんな馬鹿な……」と面白半分で受け流していた先人たちのこの知恵を、ついに今こそ実践すべき時が来たのか――

いやいや、そんなことをしたら、ただちに隣にいる恋人らしき男性にのされてしまうだろう。隣の男性？　そう、たしかに向こう側に男性がいたし、ふたりが語り合う声を間違いなく聞いたのだ。

今、向こう側に女性と並んで座っていたはずの男性もおらず、そこにはただ、汚れのない小綺麗なワンピースとサンダルが女性の残骸かのように岩に座り、わずかな風にはためいているのみだ。

恐ろしくなった野口さんは小走りでその場を過ぎ、何度も振り返りながら先へと進んだ。その日は、ふとした折に耳元であのふたりの語らう声が聞こえるような気がして、登山を楽しむどころではなかった。

具体的に何を言っているのかまでは聞き取れなかったが、穏やかに、しかし楽しげに話す男女の声。

ただ山の中に服があったというだけの話、といえばそれまでのことではある。

その意図は知れないが、ひょっとすると誰かがわざわざ服を持ってきて、そこに置いたのかも知れない。そう考えれば――それはそれで妙な話ではあるが――少なくともこの状況についての説明はつく。しかし、野口さんに言わせれば、服があったのではなく、人が消えたのだ、ということだ。

あの時の男女の会話の穏やかな声はいまだに野口さんの意識にこびりついていて、日常のふとした瞬間に記憶としてではなく、音として鮮明に思い出されるのだそうだ。

処刑場跡　　　竹田市、豊後大野市、県内某所

黒岳原生林（由布市）

処刑場跡

竹田市、豊後大野市、県内某所

行ってみるとその場所は小さな公園という雰囲気で、きちんと整備もされており、正直、あまり怖いという感じはしない。地元の人に聞いてみると「あそこには絶対に近寄ってはいけない」と眉をひそめる方もあれば、「とくに何があるわけではないですよ。地元の者もあまり気にしてませんし」とあっけらかんとしている方もいる。

竹田市の鏡《かがみ》処刑場跡は、市の史跡にも指定される豊後岡藩の処刑場跡だ。濁淵川《にごりぶちがわ》の川縁に高さ三メートルほどの石柱が二基屹立しており、その横には、おそらくかつてはもう一本あったのだろう三基目の石柱の台座の部分のみが遺っている。右側の「南無妙法蓮華経」と記されたものには天明二年、中央の「南無阿彌陀佛」と記されたものには天明三年の年号が入っているが、十七世紀初めには最初の石柱が立てられていて、処刑者が千人に達したらその都度立て替えられたとする資料もある（『竹田市誌 第二巻』）。

処刑場跡　　竹田市、豊後大野市、県内某所

鏡処刑場跡（竹田市）

素人の印象として、千人という数がはたして史実かどうかにはやや疑念を禁じ得ないが、いずれにせよ、ここで露と消えた罪人の成仏を願ってのものだろう。

岡藩の刑罰体系には、重罰として斬、獄門、磔、(銃殺)火炙、鋸引等があったとされ、謀反や強盗、放火、父兄殺人、切支丹《キリシタン》などがこれに相当したという。このうち、鏡処刑場で実施されたのは磔刑《たつけい》だったようだ(『直入郡全史』)。時代や地域によって多少の差はあろうが、一般的に磔刑は罪人を十字架に近い形状の柱に縛り付け、執行役が脇腹あたりから肩にかけてを槍で突くという、事実上の刺殺であったとされる。さぞや凄惨なものだっただろう。


今は台座のみになった、失われたもう一基の石柱にまつわる話である。

この一基が倒壊してしまったのがいつ頃のことなのかはわからない。一説には大水で流されたのではともされるが真相は不明のようだ。しばらくこの場に置いてあったらしいのだが、維新の後のある頃に、Kなる人物がこれを持ち帰り、自分の農地の水車の堰《せき》として使っていた。そのことの報いなのか、しばらくしてKは、まさにその堰のところで溺死してしまったのだという。今やその石柱の行方は知れないそうだ。

さて、この鏡処刑場のほど近く、もうひとつユニークな（と言うと罰当たりなのかもしれないが）岡藩の処刑場跡が遺されている。豊後大野市の「滝落としの刑場跡」である。

かの雪舟が描いてもいる名瀑《めいばく》「沈堕《ちんだ》の滝」のすぐ付近に、「突落」の刑をおこなうための断崖がある。この刑は、まさに「沈堕の滝」の滝壺に突き落とし、それでも生き存《なが》えた場合は咎められることなく解放されるというものである。死罪よりも軽い罪人に課されたもので、禁足、一人牢、追放などと並ぶ刑罰のひとつだったようだ。

場所は伏せるが、大分県某所にある、これらとはまた別の処刑場跡での話。

観光でこの町を訪れた直樹さんはお目当ての界隈を散策したのち、他にもなにか見所があるかも知れないと思って地図アプリを見てみた。すると、すぐ近くに処刑場跡があることが表示される。それほど強く興味を引かれたわけではなかったが、なんとなく史跡巡りのつもりで見に行ってみる気になった。

幹線道路から一本奥に入った住宅地の一角。ずいぶんと古そうなものから比較的新しそうなものまで、いくつかの墓石が並ぶちょっとした墓所のようになっているところがそうらしい。とくに案内板などがあるわけではなかったが、石碑にその旨が書かれていたから間違いないだろう。かなりの広さのある地蔵堂が設えてあり、おそらく地蔵盆などの際には、地域の人々が集う憩いの場ともなるものと思われた。

敷地内を散策するなかで角を右に曲がり、それなりに大きな南天の木の前を通りがかった時、

ふぅ────

誰かの吐息が聞こえる。

溜息のような、それにしてはやけに継続時間が長い、明らかに人間の吐息だ。

「わっ」

もちろん周囲には誰もいない。

あまりに明瞭に聞こえたためについ驚いてしまい、誰かいたのかとも思ったが、いくらあたりを見回してみても自分以外に人はいない。

なんだろう……

空耳か。たまたま風がそのように音を発しただけか。

再度ゆっくりと歩みはじめると、

うぅ――――

左手やや後ろから同じような吐息が聞こえる。今度は、わずかに人の声が混ざっているようにも聞こえた。かすかだが、低い男性の声が。

「んんっ？」

もちろん、野外ではあるので風が音をたてることはあろう。付近に何か、たとえば自販機なり室外機なりの機械があって、そこからエアーが漏れるようなこともあるのかも知れない。何であれ、とりあえず音の原因を探らねば、やはり気にはなってしまう。

そう思って二、三歩引き返し、ふたたび南天のあたりに戻る。たしかこのあたりだよな、と思いながらまじまじと木を眺めてみる。

いやあ、話として出来すぎだろう。処刑場跡に来てみたら、誰もいないのに何やら人の息音のようなものが聞こえる……

あまりにありがちではないか。いくらなんでも、ここまで絵に描いたような、いかにもな怪異があるだろうか。

そんなことを思いつつ、南天の方にやや近づいてみようとしたところ、
ふぅ――――

「うわっ！」

今度は真後ろ、それも直樹さんのすぐ近くで吐息が起こる。

首筋に、その息がわずかにあたったような気すらした。

驚いて振り返る。いくつかの墓石と、地蔵堂の壁。もちろん誰もいない。空気が漏れそうな機械もない。

「……いや、風だな。風だわ。風が吹いただけだわ」

直樹さんは自らに言い聞かせるように独りでそう言い放ち、即座にその場を後にした。

処刑場跡　竹田市、豊後大野市、県内某所

沈堕の滝・雄滝（大野市）

沈堕の滝・雌滝。この右側の崖から突き落としの刑が行われた。

古めかしい写真

大分市王子地区

「あっ」

何かに躓いた。それもかなりの勢いで。このままでは前のめりに倒れるだろう。足下は見えない。なぜなら、前抱きの抱っこひもでわが子を抱いているから。咄嗟に手がでない。嫌だ、このままだと前に、赤ん坊の方に倒れて、そして……

一瞬のことが永遠にも感じられた、その時。

誰かが後ろからふっと肩を支えてくれた。すんでのところで体勢を立て直す。難を逃れたのだ。

「ああっ」

命の恩人だ。危うくこの子が……

そう思って振り返るが、驚きと安堵で感情が高ぶり咄嗟に言葉が出ない。「ありがとうございます」のわずか一言が出ないほどに動揺していた。

すぐ後ろにいたのは若い男性、二十代のようだがそれより若干幼くも見える。

「あっ、あのっ」

口ごもっていると彼は少しはにかんだように微笑み、おだやかにゆっくりと、噛みしめるかのように、

「お気をつけて」

とだけ静かに言って軽く頷き、踵を返してあっけなく行ってしまった。

青年の古ぼけた茶褐色の奇妙な服装は、夏の日差しの中でいかにも暑苦しそうだった。

＊＊＊

祖母が亡くなったため、実家の整理をすることになった。足腰は弱っていたものの大病を患うことなく九十一歳で逝った祖母は大往生と言えるだろう。友美さんは、偶然いあわせた叔母とともに祖母の部屋を整理する。いろいろと懐かしい物や意外な物、なんだかよくわからない物などが出てきて作業は一向に進まない。が、なにも急ぐ必要はない。ゆっくりと祖母を偲びつつ手を動かしていた。

おそらく少し高級なお菓子が入っていたのだろう、サビの出た古い缶箱を開ける。

そこには、セピア色でところどころ端がわずかに欠けた数枚の古い写真が入っている。

「ん？」

そこに写っている青年、何やら見覚えがある。誰だろう。

思い出せそうにないので他のガラクタに手を付けようとした、その時。

「ああっ」

思い出した。

もう六、七年前になるが、まだ赤ん坊だった息子が急に熱を出し、お盆休みの時期だったため普段の小児科ではなく、行政が定める休日診療に診せに行かねばならなかった時のこと。駐車場でうかつにも車止めに躓いてしまったのだ。夏の最中、その日はとくに日差しがきつく、暑さに朦朧としていたのだ。

前抱きの抱っこひもで子どもを抱いてそのまま前に転倒しそうになり、もしあのまま倒れていたら子どもの命が危なかっただろう。

すんでのところで体勢を立て直すことができ、どうにか事無きを得たのだが、その時、誰かが後ろからそっと助けてくれたような記憶がある。

いや、周囲には誰もいなかったはずなので、あるいはやはり、自分で持ち直すことができたのだったか――

写真を見て、思い出した。

この人だ。

この青年が後ろから支えてくれたのだ。間違いない。

「ああ、お父さんやんか。ふふふ、こんな写真、残っとったんやねえ」

肩越しに写真を見た叔母が言う。

お父さん、つまりこの写真の男性は、十三年前に亡くなっている友美さんの祖父ということになる。言われてみればたしかに、記憶にある祖父の面影が感じられなくはない。

祖父はもの静かで口数は少なく、穏やかで優しい人物だった。実家に帰った際などは、友美さんやその弟をにこにこと迎えてくれた。

ただ、友美さんは幼い頃から密かに祖父のことが苦手だった。

柔和な笑顔のその奥に、なにやら不穏なものを感じざるをえなかったのだ。

それが何かはわからない。

ただ、祖父が自分に優しく接してくれればくれるほど、自分に向けられる優しさと、その感覚の齟齬からくる罪悪感にいたたまれなくなって、つい避けるようにしてしまったのだった。


たしか弟が小学四、五年生の頃。つまり自分が中学生になった頃だろう。ゲームなどの影響なのか、弟は戦国武将やら三国志の豪傑やら、戦いだの武器だのにいたく関心を持ち始めていた。友美さんとしてはあの可愛かった弟が、と幼かった頃の記憶と照らしてややうんざりしつつ、男の子とはこういうものなのかとなかば諦めていたところもあった。

そんな弟にせがまれるかたちで、祖父が戦争時代の話をしだしたことがあったのだ。

もちろん、内容は子ども向けに配慮されたものではあったろう。だとしてもそれは、友美さんにはとても許せることではなかった。そんな陰鬱な時代のむごたらしい話を、嬉々として、それもまだ小学生の弟にしようとする祖父の感覚が信じられない。

「やめてよ、そんな話」

ぴしゃりとひとこと言うと、素直に祖父は黙った。

友美さんは祖父の顔を一瞥もせずにそのまま部屋を出て行った。

「こういう写真は全部、捨てたんやと思っとったけど……」

叔母は缶に入っていた他の写真を手にとり眺めつつ懐かしがる。

叔母によると、これらの写真は祖父が所属した部隊や赴任地など軍隊時代のもので、かつては部屋の欄間にかけて飾られていたという。もともと祖父は軍隊時代の話をするのが好きで、とくに同じ部隊の仲間たちの話をさんざん聞かされたそうだ。叔母や友美さんの母は、それこそ幼い頃からくり返しそんな話を聞かされるものだから、いつも辟易としていたという。

ただ、仲間の中には戦地で亡くなった方も少なくなかったようで、その人たちの話をする際には年甲斐も無く涙ぐんでもいた。そんな様子を見るに、無下に聞き役を拒絶するのも気が引けた。無論、平和な時代の価値観とは相容れないような内容も多々あったのだが、それでも、少なくとも祖父にとっては大切な仲間と共に過ごした青春の日々だったのだろう。

ある日、まだ友美さんが二歳かそこらの頃。

どういう機会にか、友美さんが欄間の祖父の写真を発見して烈火のごとく泣き出したという。もともと大人しい子どもで泣きわめくようなことがほとんどなかった友美さんが、大声で泣きじゃくるものだから家族のみなが驚いた。

友美さんのことを目に入れても痛くないほどに可愛がっていた祖父は、その原因がどうやら欄間の写真らしいと察してすぐにそれらを仕舞った。すると不思議なことに、友美さんはぴたりと泣き止んだのだ。

おそらくこんなことがあったからだろう。以来、祖父は軍隊時代の写真を飾ることを止め、その頃の話も一切しなくなった。叔母としては、その際にこれらの写真は捨てたものだと思っていたという。

初耳だった。かつて祖父がそんな人物だったとは、友美さんは全くもって知らなかった。手に取った写真を眺めてみる。

豪北派遣〇第〇〇〇〇部隊〇〇部隊　上等兵　〇〇〇〇君

こう手書きで添えられた薄汚れた写真の中で、軍装に身を固め直立不動で立つ若者。その日は曇りなく澄んでいたが、への字にきっと結ばれた口元は、やや不安げであるようにも感じられた。

これが若き日の祖父であり、そしておそらくあの時、躓いて倒れそうになった自分と、自分に抱かれた息子とを救ってくれた人物である。

軍隊時代の彼がどんな境遇にあったのかはわからない。

人をあやめたことがあったのかもしれないし、そのような場で起こり得る悪事に手を染めたこともあったのかもしれない。幼い頃の自分は、ひょっとするとそのような祖父の人生の影の部分を、子どもながらに感じ取っていたのかもしれない。だとしても、あの優しい祖父が真に望んでそのような身の上にあったはずはあるまい。

人には、いかんともしがたい運命というか、宿命とでもいうべきものがあろう。

たとえ過去に何があったのであれ、少なくとも自分にとってはかけがえのない祖父なのだ──

ひとりでに涙がこぼれ出た。これがどういう感情なのか、自分でもよくわからない。

友美さんはこの写真をもらい受けることにした。生前に邪険にしてしまったことへの、せめてもの罪滅ぼしのつもりだそうだ。

友美さんの自宅マンション。案内されたダイニングの真新しい白壁の一角に、まさに場違いというべきほどに昭和な感じの物々しい額縁が掛かっていて、一枚の古めかしい写真が飾られている。

豪北派遣○第○○○○○部隊○○部隊　上等兵　○○○○君

こう手書きで添えられた写真の中で、軍装に身を固め直立不動で立つ若者。
その目は曇りなく澄んでいて、口元は優しげにやや微笑んでいるように見えた。

あとがき

おかえりなさい。

怪異を巡る大分県の旅は、いかがでしたでしょうか？

全員無事に戻ってこれましたでしょうか。

あるいは何故か、人影が増えてしまっているようなことは……


まずは、本書をお手にとっていただき、最後までお読みいただきましたことに心より感謝申し上げます。

また、原話となる体験談や噂話などをお寄せいただいたみなさま、ならびに資料収集・取材等にご協力いただきました方々に、この場を借りて厚く御礼申し上げます。

大分県で生まれ育ったわけではない、いわば異邦人たる筆者がどうにか本書を書き上げることができたのは、ひとえにご協力いただきましたみなさまのおかげです。ありがとうございました。

ひょっとすると、大分県の怪談話としてよく知られた「手招き地蔵」や「馬の首」、または有名ネット怪談との類似性が興味深い豊後竹田の「八尺女」の話などが掲載されていないことに憤りを感じておられる好事家の方もいらっしゃるかもしれませんが……

安心してください。

それらについては、筆者の既刊の単著怪談集『実話拾遺 うつせみ怪談』(竹書房怪談文庫、二〇二三年)ですでに取り扱っておりますので、どうかそちらも合わせてお楽しみいただければと思います。

そしてもし、自分にも、自分の周辺にもこんな体験や噂があるよ、と思われた方がいらっしゃいましたら、そのお話をぜひ筆者までお寄せください。

さて、最後に本書の実現のためにご尽力くださいました株式会社竹書房さま、なかでもとりわけ、小川よりこ様に感謝を申し上げつつ拙作を結びたいと思います。

令和六年十一月

丸太町　小川

出典・参考文献

「トンネルの声」
郷土史跡傳説研究會（編）『増補 豊後傳説集 全』（郷土史跡傳説研究會、一九三二年）
梅木秀徳、辺見じゅん『大分の伝説』（角川書店、一九八〇年）
城南小学校PTA（編）『お母さんのとっておきのお話』（大分市立城南小学校PTA、一九八〇年）
加藤貞弘『「大分」の発祥地 上野丘・南大分周辺の歴史散索』（上陵舎出版企画、一九九五年）

「コトリ」
森春樹『蓬生談』中巻（一八三二年、日田市教育委員会復刊、一九五九年）
土屋北彦（編）『大分の民話 第一集』（未來社、一九七二年）
闇の中のジェイ（著），朝里樹（監）『日本怪異妖怪事典 九州・沖縄』（笠間書店、二〇二三年）

「玄関あけたら」
森春樹『蓬生談』中巻（一八三二年、日田市教育委員会復刊、一九五九年）
大分合同新聞　一九六一年八月六日夕刊　記事「生きている怪談 九州各地に拾う サルとセコ」

「鬼のミイラ」
大分縣教育會（編）『大分縣郷土傳説及び民謡』（大分縣教育會、一九三一年）
山口直樹『日本妖怪ミイラ大全』（学研パブリッシング、二〇一四年）
太田由佳（訳）、松田清（注）『訓読 豊後国志』（思文閣出版、二〇一八年）
長岩屋修正鬼会保存会 パンフレット『天念寺修正鬼会の世界』（二〇二一年）
闇の中のジェイ（著），朝里樹（監）『日本怪異妖怪事典 九州・沖縄』（笠間書店、二〇二三年）
国東市伝統文化活性化実行委員会 リーフレット『国指定重要無形民俗文化財 岩戸寺修正鬼会』

「妻を塗り固める」
太刀川清（校訂）「諸国百物語」『百物語怪談集成』（国書刊行会、一九八七年）

「コイチロウサマ」
郷土史跡傳説研究會（編）『増補 豊後傳説集 全』（郷土史跡傳説研究會、一九三三年）
小玉洋美『大分縣の民俗宗教』（修学社、一九九四年）

「犬神」
石塚尊俊『日本の憑きもの』（未來社、一九五九年）

芥川龍男、渡辺宏紀（共編）『国東半島の民話 第二集』（文献出版、一九七八年）
谷川健一（編）『日本民俗文化資料集成第七巻 憑きもの』（三一書房、一九九〇年）
小玉洋美『大分縣の民俗宗教』（修学社、一九九四年）
豊嶋泰國『図説憑物呪法全書』（原書房、二〇〇二年）

「処刑場跡」
大分縣教育會（編）『大分縣郷土伝説及び民謡』（大分縣教育會、一九三一年）
北村清士（編）『直入郡全史』（一九三三年）
竹田市誌編集委員会（編）『竹田市誌 第二巻』（竹田市、二〇〇九年）

大分怪談

2025年３月７日　初版第1刷発行
2025年５月25日　初版第2刷発行

著者……丸太町小川
デザイン・DTP　……荻窪裕司（design clopper）

発行所……株式会社 竹書房
〒102-0075　東京都千代田区三番町８－１　三番町東急ビル６F
email：info@takeshobo.co.jp
https：//www.takeshobo.co.jp
印刷所……中央精版印刷株式会社